로크미디어가
유혹하는
재미있는 세상

ROK
MEDIA
로크미디어

개벽곡

개혁 군주 7

2022년 6월 16일 초판 1쇄 인쇄
2022년 6월 21일 초판 1쇄 발행

지은이 이윤규
발행인 김정수 강준규

기획 이기헌 왕소현 박경무 강민구
책임편집 최전경
마케팅지원 이원선

발행처 (주)로크미디어
출판등록 2003년 3월 24일
주소 서울시 마포구 성암로 330 DMC첨단산업센터 318호
Tel (02)3273-5135 편집 070-7863-8592 Fax (02)3273-5134
홈페이지 rokmedia.com E-mail rokmedia@empas.com

© 이윤규, 2022

값 8,000원

ISBN 979-11-354-7374-6 (7권)
ISBN 979-11-354-7367-8 04810 (세트)

개혁군주

이윤규 대체역사 소설 ⑦

| 멀리 내다보다 |

차례

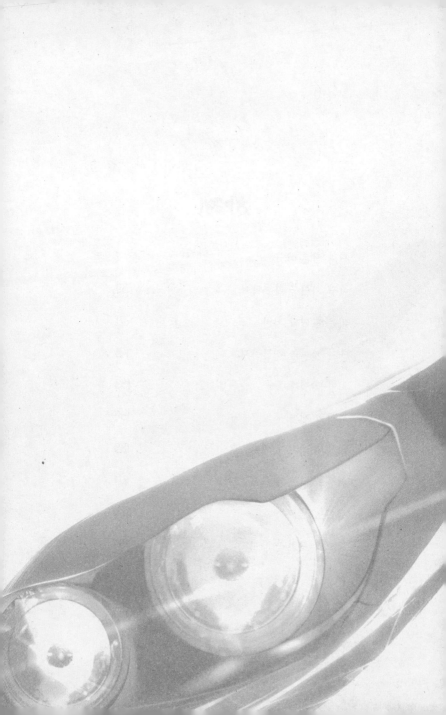

적의 적은 아군

이날 오후.

세자가 영접도감 대신들과 남별궁을 찾았다. 정사 갈이산이 두 손을 모으고 인사를 했다.

"어서 오십시오. 조선의 세자께서 직접 찾아오실 줄은 몰랐습니다."

세자도 웃으며 마주 인사했다.

"저도 남별궁을 찾게 될지는 생각 못 했습니다."

"이런! 우리가 공연히 조선의 세자 저하를 귀찮게 한 것 같아 송구합니다."

세자가 놀란 표정을 지었다.

"대단하십니다. 귀국에는 저하라는 존칭이 없는 것으로

아는데, 정확히 사용하시네요."

갈이산이 호탕하게 웃었다.

"하하하! 황명으로 파견된 칙사입니다. 조선 왕실이 사용하는 존칭 정도는 당연히 알고 와야 하지 않겠습니까?"

"고마운 말씀이네요."

세자가 차를 한 모금 마셨다.

"지난 며칠 동안 푹 쉬셨나요?"

평범한 인사말이었지만 그 속에는 은근한 질책이 담겨 있었다. 갈이산도 질문 속의 함의를 알아듣고는 노련하게 이를 받아넘겼다.

"마음이 무거워 날짜만 보내고 있습니다."

"안타까운 일이군요. 하루빨리 무거운 마음이 가벼워졌으면 좋겠습니다."

"그러면 나도 좋겠지만, 쉽지 않을 거 같군요."

부사인 반장살이 나섰다.

"정사 대인께서 마음이 무거운 건 전적으로 조선 때문입니다."

세자가 놀란 표정을 지었다.

"우리가 무슨 잘못을 했단 말인가요?"

"잘못도 아주 큰 잘못을 저질렀지요."

세자가 두 손을 모았다.

"우리 조선이 무슨 잘못을 했는지 모르겠지만 우선 사과를 드리지요."

반장살의 고개가 저어졌다.

"이러지 않으셔도 됩니다. 미안하지만 말로 하는 사과는 수 차례 받았습니다. 그러니 세자께서도 공연히 마음 쓰실 필요 없습니다."

"그러면 어떻게 하면 좋겠습니까?"

"실질적인 행동을 해 주셔야지요."

세자가 직설적으로 나갔다.

"귀국의 어려움을 도와 달라는 겁니까?"

탕!

반장살이 탁자를 손으로 쳤다,

"말을 삼가시오. 아무리 조선의 세자라 해도 황명을 받은 칙사입니다. 그런 나에게 무례하게 행동하면 아니 됩니다."

세자가 고개를 갸웃했다.

"무례하다니요? 나는 지금 있는 그대로의 현실을 말하고 있는데, 아닌가요?"

"무엇이 현실이라는 말씀입니까?"

"귀국은 지난 몇 년 동안 내란을 제대로 수습하지 못해 곤욕을 치르는 것으로 압니다. 아닌가요?"

반장살의 얼굴이 붉으락푸르락했다. 그가 뭐라고 소리치기 전에 갈이산이 급히 사과했다.

"저하께서 이해해 주십시오. 우리 부사가 잠시 감정이 격했습니다. 송구합니다."

세자도 마주 인사했다.

"아닙니다. 제가 너무 직설적인 질문을 해서 결례를 범했네요. 사과는 오히려 제가 해야지요."

갈이산도 은근히 불편한 지적을 몇 가지 했다. 세자는 이를 너무도 적절히 받아넘겼다.

갈이산과 반장살의 표정이 달라졌다. 막연히 생각하던 세자의 모습과는 전혀 달랐기 때문이다.

갈이산은 느낌을 숨기지 않았다.

"놀랍습니다. 조선의 세자께서 대단하다는 말은 북경에서도 많이 들었습니다. 그런데 직접 말씀을 나누고 보니 소문보다 더 대단하신 분이군요."

"과찬이십니다."

세자가 두 사람과 시선을 한 번씩 맞췄다. 그러고는 대놓고 두 사람을 밀어붙였다.

"시간이 너무 오래 지체되었습니다. 그러니 이제부터는 갖고 오신 보따리를 풀어 보시기를 바랍니다. 황명을 받은 두 분이 공연히 시간만 끌다 소득 없이 돌아갈 수는 없지 않겠습니까?"

더 시간을 끌면 협상은 없다는 경고였다.

다른 사람이 이런 말을 하면 칙사의 권위를 빌어 호통쳤을 일이다. 그러나 아무리 어리다고 해도 세자가 하는 경고를 허투루 넘길 수는 없었다.

갈이산도 정색을 했다.

"좋습니다. 저하께서 이리 말씀하시니 우리도 더 지체할 수는 없겠네요."

그가 잠시 생각을 가다듬었다.

"솔직히 우리 청국의 재정이 상당히 좋지 않습니다. 그래서 귀국의 도움을 받기 위해 우리가 온 것입니다."

예상대로였다. 세자는 어떤 표정도 내색하지 않고 고개를 끄덕였다.

"역시 그래서 온 것이군요."

미묘한 사안이었기에 갈이산은 잔뜩 긴장했다. 그런데 세자가 너무도 쉽게 받아넘기자 갑자기 김이 빠져 버렸다.

"저하께서는 우리의 방문 목적을 벌써부터 짐작하고 계셨습니까?"

세자가 인정했다.

"그렇습니다. 나뿐이 아니라 아바마마를 비롯한 우리 조정 모두 짐작하고 있었습니다. 특히 아바마마께서는 귀국이 아무리 어려워도 우리에게 병력을 요청하지는 않을 거라고 단언까지 하셨고요."

두 사람이 한숨을 내쉬었다.

"후! 맞습니다. 내란에 외국 병력을 그것도, 제후국의 병력을 지원 받을 수는 없지요."

얼굴이 평소대로 돌아온 반장살이 나섰다. 놀랍게도 그가 솔직한 심정을 토로했다.

"그동안 우리가 먼저 말을 꺼내지 못한 까닭은 요청하려는 금액이 커서입니다. 귀국이 아무리 본국의 제후국이라고 해도 무작정 많은 금액을 부담 지우게 할 수는 없는 일이어서 정사 대인께서도 고심이 많으셨습니다."

반장살이 은근히 생색을 냈다.

정사 갈이산도 그의 말을 거들고 나섰다.

"부사의 말대로 부담이 많았습니다. 그래서 귀국의 중신들에게 쓸데없는 불만을 토로하기도 했고요."

세자의 표정이 묘해졌다.

놀랍게도 상대가 자신의 패를 먼저 모두 보여 주며 협상에 임하려 했다. 세자도 그에 대한 대응 차원으로 자신의 생각을 숨기지 않았다.

"의외이고 놀랍네요. 아무리 칙사라고 하지만 이렇게 속내를 전부 내보일 줄은 몰랐습니다."

"허허! 많이 놀라셨나 보군요."

"솔직히 그렇습니다."

갈이산이 이실직고했다.

"본래는 세자께서 오신다는 말을 듣고는 계략을 펼치려고 했었습니다. 세자께서 아무리 영명하시다고 해도 열넷의 나이로는 한계가 있을 거라고 생각해서지요."

"그런데 왜 그렇게 하지 않았나요?"

질문의 대답을 반장살이 했다.

"그건 세자 저하께서 예상과 전혀 다른 분이었기 때문입니다."

"그래요?"

"정사 대인과 저는 지금까지 수많은 사람을 만나 왔습니다. 그래서 몇 마디를 나누자마자 세자께서 어떤 분이란 걸 대번에 알겠더군요. 공연한 계략은 절대 도움이 되지 않겠다는 것도요."

갈이산도 동조했다.

"맞습니다. 그래서 본심을 그대로 보여 주고서 협조를 구하자는 생각을 하였습니다. 진실은 어디에서나 통한다는 심정으로요."

세자가 감탄했다.

"대단하신 분들이네요. 나를 얼마 상대도 하지 않았는데도 내 성격을 정확히 파악하셨군요."

갈이산이 두 손을 모았다.

"저하! 도와주십시오. 그러면 우리도 할 수 있는 최선을 다해 저하를 돕겠습니다."

칙사가 대놓고 머리를 숙이고 들어왔다.

격론을 예상하고 있던 세자는 잠시 난감했으나 결코 나쁜 상황은 아니었다.

세자가 바로 정리했다.

"필요한 금액이 얼마입니까?"

"천은 오백만 냥입니다."

동행한 대신들의 입에서 경악성이 터졌다.

"말도 안 되는 요구입니다."

"있을 수 없는 일입니다. 천은 오백만 냥이라니요."

세자가 손을 들어 제지했다.

"전부를 받아 오라고 한 건 아니겠지요?"

갈이산이 고백했다.

"천은 오백만 냥은 저희도 무리란 걸 잘 압니다. 그래서 천은 백만 냥 정도만 해도 만족하옵니다."

요구 금액이 단번에 5분의 1로 떨어졌다.

그럼에도 적은 액수가 아니었다. 영접도감 두 대신은 그래도 많다며 격하게 반응했다.

그러나 세자는 달랐다.

"그것만 해 주면 됩니까?"

갈이산이 눈치를 보며 입을 열었다.

"강남의 광주에서 상무사가 거래하는 상단을 바꿔 주었으면 합니다."

이만수가 격하게 반발했다.

"지금 무슨 말씀을 하시는 겁니까? 막대한 금액도 감당할 수 없는데 상무사 거래 상단을 바꿔 달라니요. 지금 이게 정녕 청국의 칙사로서 부탁할 수 있는 일이라고 생각합니까?"

갈이산이 한숨을 내쉬었다.

"후! 이해해 주시오. 나도 말이 안 된다는 사실을 모르지 않소이다. 허나 어찌하겠소. 그런 명을 받아 왔으니 요구를 해야 하지 않겠소?"

세자가 의외의 질문을 했다.

"여쭐 일이 있습니다. 이번의 특사 파견을 누가 황상에게 제안한 것이지요?"

특사 두 사람의 안색이 대번에 변했다. 그런 그들은 서로를 바라보며 한동안 입을 열지 못했다.

세자가 재차 질문했다.

"괜찮으니까 말씀해 보세요. 그래야 내가 대책을 제대로 세울 수가 있습니다."

갈이산이 마지못해 대답했다.

"……의정대신입니다."

"다행히 황실 종친은 아니었군요."

"그렇습니다."

"의정대신의 욕심이 많은가 보군요."

"……아니라는 말씀을 드리지 못하겠습니다."

"좋습니다. 그런데 의정대신이 제시한 조건을 전부 다 받아 오라는 요구를 하지는 않았겠지요? 제가 봤을 때 둘 중 하나만이라도 성사시키라고 했을 텐데, 아닌가요?"

갈이산의 표정이 묘해졌다.

그 모습을 본 세자가 말을 이었다.

"두 사안은 하나같이 쉽게 이뤄지기 어려운 일입니다. 아무리 청국 최고의 의정대신이라고 해도 그런 일을 다 성사할 수 있다고 생각하지는 않았을 겁니다. 그렇지 않은가요?"

갈이산의 고개가 저어졌다. 그러던 그는 길게 한숨을 내쉬며 인정했다.

"후우! 정말 놀랍습니다. 앉아서 만 리를 내다보는 사람이 있다고 하더니 세자 저하가 그런 분일 줄 몰랐습니다. 예, 맞습니다. 의정대신께서는 둘 중 하나만 성사되어도 성공이라고 했습니다."

"역시 그렇군요. 그중에서도 거래처를 바꾸는 걸 반드시 성사시키라고 했겠지요?"

특사 두 사람의 눈이 더없이 커졌다. 이번에는 반장살이 목소리까지 떨며 대답했다.

"정말, 정말 놀랍습니다. 어떻게 직접 보신 것처럼 말씀하십니까? 정녕 저하께서 앉아서 만 리를 내다볼 수 있는 분입니까?"

세자가 고개를 저었다.

"그러지는 못하지요."

"그런데 어떻게 직접 본 사람처럼 정확히 맞히실 수 있습니까?"

"쉽고 간단한 이치입니다. 의정대신이 욕심이 많다면서요. 그렇게 욕심이 많은 사람이라면 특사 파견과 같은 국가 대사도 그냥 넘기지 않을 거라 짐작했습니다."

"아!"

"미안한 비교지만 청국은 이미 그런 전력도 있고요."

반장살이 씁쓸한 표정을 지었다.

"맞습니다. 이전의 의정대신이었던 화신(和珅)도 반란 진압에 나서는 장수에게까지 뇌물을 받았습니다. 병력을 지원할 때도 그러했고요."

"그 바람에 내란을 초기에 진압하지 못했지요."

"예. 화신이 탐욕이 내란 확대에 결정적 계기가 되었습니다."

"의정대신은 특사 파견 목적이 성사되기 어렵다는 사실을 처음부터 알았을 겁니다."

이만수가 고개를 갸웃했다.

"그걸 알고 있으면서도 왜 특사를 파견한 것입니까?"

"황제에게 자신이 내란 수습에 노력하고 있다는 걸 보여 주어야 하니까요. 그리고 이번 일을 개인적인 치부에 활용할 생각을 했겠지요. 만일 거래처를 바꿀 수만 있다면 지속적으로 막대한 비자금을 챙길 수 있으니까요."

모든 사람이 탄성을 터트렸다.

잠시 기다렸던 세자가 눈을 빛냈다.

"특사께서는 내 말대로 해 보겠습니까? 만일 그대들이 나의 제안을 따라 준다면 양국이 상생할 수 있게 됩니다."

갈이산이 적극 나섰다.

"양국이 상생할 수 있는 방안이 있다면 당연히 따라야지요. 말씀해 주시지요. 우리가 어떻게 하면 되겠습니까?"

"먼저 전비를 부담할 수는 없습니다. 아시다시피 본국은 금년에 노비를 전격 해방했습니다. 무려 수백만 명을요. 그런 노비들의 속량을 상무사가 전적으로 부담했습니다. 그리고 그들의 생활을 안정시키기 위해서 조정 예산을 풀어 전국적으로 공역(工役)을 시행하고 있음을 알아주셨으면 합니다."

갈이산이 화답했다.

"나라의 안정을 위해 전비 부담이 어렵다는 말씀으로 이해하겠습니다."

"고맙습니다. 그러면 남은 안건은 거래처 교체네요. 우선 만상이 거래하는 연경의 청국 상단은 우리와 별다른 연고가 없어 교체가 가능합니다. 그러나 광주의 이화행은 우리 상무사와 너무도 많은 부분을 공유하고 있어서 문제입니다."

갈이산의 안색이 흐려졌다.

"연경의 거래액보다 광주의 거래액이 몇 배나 많은 것으로 압니다. 그런 광주의 거래처를 바꾸지 않으면 의정대신께 면목이 서지 않습니다."

세자가 고개를 끄덕였다.

"그러시겠지요. 그래서 모두가 상생할 수 있는 방안을 제안하려는 겁니다."

세자가 잠시 뜸을 들였다. 그러고는 누구도 생각지 못한 제안을 했다.

"귀국에서 장강 하구에 있는 상해를 개방해 주셨으면 합니다. 그리고 의정대신이 지원하는 상단을 우리의 거래 상대로 지정해 주세요. 그러면 상해만큼은 우리 상무사가 그 상단과 독점으로 거래를 하겠습니다."

갈이산의 안색이 대번에 변했다.

"상해를 개항하란 말입니까?"

세자가 고개를 저었다.

"외국 상인이 드나들 수 있도록 개항하라는 말씀이 아닙니다. 우리 조선과의 거래만을 위해 개방하라는 겁니다."

"귀국만을 위한 개방이라고요?"

"그렇지요."

"그게 가능한 일이겠습니까?"

"무엇이 문제입니까? 지금도 우리는 연경에서 귀국과 공무역을 진행하고 있지 않습니까?"

"그, 그렇기는 하지만. 그건……."

세자가 말을 잘랐다.

"본국은 귀국을 상국으로 모시고 있습니다. 그런 우리만을 위해 항구를 열어 주는 것이니 개항이라고 볼 수는 없지 않습니까?"

갈이산도 산전수전 겪은 인물이다. 그런 그는 세자가 말하는 의도를 알아들었다.

"귀국과 우리 청국이 남이 아니니 개항이 아니라는 말씀이 군요."

"정확한 지적입니다."

"그런데 왜 상해입니까? 상해는 장강 하구의 작은 포구에 불과합니다. 그런 곳을 개방한다고 해서 바로 수익이 발생하지는 않을 거 아닙니까?"

세자가 고개를 저었다.

"그렇지 않아요. 상해 주변에는 항주와 소주, 그리고 남경 등이 있어요. 그런 바탕이 있기 때문에, 우리 상무사가 상해로 진출하면, 상대하는 공행은 바로 수익을 창출할 수 있습니다."

"아! 그렇겠군요."

"상해가 지금은 작은 포구인 것은 맞아요. 그런 상해를 우리가 진출해 대대적으로 개발할 것입니다. 그래서 지역을 대표하는 최고의 항구로 발전시키려고 합니다."

갈이산의 눈이 커졌다.

"상무사가 상해를 개발한다고요?"

세자가 고개를 저었다.

"전부를 그렇게 할 수는 없고요. 작은 포구라고 해도 이해관계가 많은 기존의 상해는 손을 대지 않을 겁니다."

"그러면 어떻게 개발을 하신단 말씀입니까?"

"새로 항구를 조성하려고 합니다. 그러면서 그 주변을 적극 개발할 것이고요. 그렇게 되면 장강의 물류가 모여들게 되어서 귀국에도 상당한 혜택이 돌아가게 될 거예요."

세자가 은근히 목소리를 낮췄다.

"상해는 교통 요충지입니다. 그래서 새로운 항구가 개발되면 수많은 배들이 몰려들 겁니다. 그렇게 되면 입항 수익도 상당할 것이고요. 우리는 그런 수익의 일부를 떼어 상해 진출에 도움을 주신 분들께 지속적으로 인사하려고 합니다."

갈이산이 침을 꿀꺽 삼켰다.

"지속적으로 인사를 한단 말씀이지요?"

"물론입니다. 아! 물론 새로 항구에 대한 권리는 확실하게 보장해 주어야 하는 선결 조건이 있어야 가능한 일이지만요."

반장살이 적극 나섰다.

"상무사가 자금을 투입해 만든 항구입니다. 그에 대한 권리를 보장해 주는 건 당연한 일입니다. 그런데 상해는 하항(河港)이 있는데, 그 옆을 확장한다는 말씀입니까?"

"그렇지 않습니다."

세자가 손짓을 했다.

그러자 김 내관이 지도를 펼쳤는데, 놀랍게도 상해 주변 지도였다.

그것을 본 반장살의 눈이 휘둥그레졌다.

"아니, 이건 상해 지도가 아닙니까?"

"그렇습니다. 마침 지난해 연경을 다녀온 사신이 대륙 지도를 가져왔더군요. 그 지도 중에서 상해 일대의 지도만 따로 가져온 것입니다."

반장살의 안색이 흐려졌다.

"지도는 나라의 주요 기밀입니다. 그런 지도가 조선에까지 흘러들어 왔다니 기분이 좋지 않군요."

갈이산이 손을 내저었다.

"부사는 그만하게. 지금 그게 중요한 게 아니지 않은가. 저하, 설명을 계속해 보시지요."

"고맙습니다."

세자가 지도를 보며 설명했다.

"상해에는 이렇게 황포강(黃浦江)이 흐르고 있고, 그 강의 안쪽에 하항이 있지요. 우리는 이 하항을 개발하려는 게 아니라 이곳 황포강의 하구와 장강이 만나는 지점, 다시 말해 장강 하구를 개발하려고 합니다."

세자가 장강 하구 일대를 짚었다.

갈이산의 눈이 더없이 커졌다.

"그 넓은 지역을 전부 항구로 개발한단 말입니까?"

"그렇습니다. 아! 물론 한 번에 다 만들지는 못하겠지요. 그래서 순차적으로 항구를 건설해 나가려고 합니다. 만일 장강 하구에 대규모 항구가 개발된다면 대륙의 물류가 자연스럽게 이곳으로 모이지 않겠어요?"

갈이산이 침을 꿀꺽 삼켰다. 그가 봐도 세자가 짚은 장강 하구 지역은 지리적으로 절묘했다.

세자가 주변을 짚어가며 설명했다.

"장강은 황하와 달라 물줄기가 바뀌지 않는 강이지요. 그래서 이곳에 항구를 조성하면 장강의 물류가 모이게 돼요. 더구나 대운하와도 멀지 않으니 분명 이 일대가 급격히 발전하게 되겠지요. 그리되면 청국의 국익에도 큰 도움이 되지 않겠어요?"

반장살의 고개가 갸웃했다.

"저하! 그런데 대규모로 항만을 조성하려면 막대한 비용이 들어갑니다. 더불어 토목 기술도 상당해야 하고요. 정녕 그런 부분을 조선이 감당할 수 있겠습니까?"

세자가 크게 웃었다.

"하하하! 이보세요, 부사. 내가 아무리 나이가 어려도 이 나라의 세자요. 장차 보위를 이을 내가 청국을 상대로 희언을 한다고 생각하시오?"

반장살이 급히 고개를 저었다.

"그렇지 않습니다. 그러나 장강 하구는 우리 청국도 쉽게 손대기 어려운 대규모 공사입니다. 그런 대역사를 귀국이 감당한다는 게 솔직히 믿기지가 않아서 그렇사옵니다."

"그 부분은 조금도 걱정 마세요. 그리고 우리가 상해로 진출할 수 있도록 두 분이 힘을 써 준다면 반드시 그에 대한 보답은 따로 하겠어요."

반장살의 눈이 순간 빛났다.

"아! 그렇습니까?"

"그래요. 그리고 이번에 고생한 노고를 위로하는 의미에서 돌아갈 때 거마비도 넉넉히 챙겨 드리리다."

대놓고 뇌물을 준다고 한다.

반장살의 표정이 대번에 환해졌다. 그가 급히 두 손을 모으며 사은했다.

"세자 저하의 배려에 외신이 감사드리옵니다."

세자가 정사를 바라봤다.

"정사께서는 어떻게 생각하시지요?"

갈이산도 거절할 이유가 없었다.

"외신도 저하의 배려에 감사드립니다."

"좋습니다."

뇌물까지 챙겨 주고, 일이 성사되면 나중에도 인사도 따로 한다고 한다. 이런 세자의 배려를 마다할 청국 특사들이 아니었다.

세자가 주의를 환기했다.

"상해 개방이 결코 쉽지 않을 겁니다. 청국은 원칙적으로 쇄국 정책을 실시하고 있으니까요. 그러니 최선을 다해 일을 추진해 주세요. 그리고 그대들을 돕기 위해 본국에서도 특사를 파견할 겁니다."

"현명한 판단입니다. 귀국에서 특사를 파견해 준다면 일이 훨씬 수월하게 진행될 겁니다."

세자가 이만수를 바라봤다.

"여기 계신 예조판서께서 특사로 가실 것이니 두 분께서 잘 도와주세요."

이만수가 순간 당황했다. 그러나 세자의 추천을 거절할 수는 없었다.

그는 이내 청국 방식으로 두 손을 모아 쥐었다.

"두 분 대인께서 부디 잘 이끌어 주시기 바랍니다."

청국 특사들은 반색했다. 이미 보름여 간 얼굴을 맞댄 이만수여서 그들로서는 누구보다 편했다.

갈이산도 두 손을 모았다.

"예판 대인께서 특사가 되신다면 저희도 한결 일을 쉽게 처리할 수 있을 것입니다."

이후 세자는 상해를 개발하는 방식에 대해 설명했다.

그 설명을 듣던 갈회산의 눈이 커졌다.

"신라방(新羅坊)이라고요?"

"그렇습니다. 과거 우리가 신라였던 시절 당나라와 교류하면서 해안 지역 곳곳에 집단거주지를 만들었습니다. 그 지역을 당나라에서는 신라방이라고 불렀지요. 마찬가지로 상해에도 본국인의 거주 지역을 별도로 지정해야 하지 않겠습니까? 그래서 이런 말씀을 드리는 겁니다."

처음에는 놀랐던 갈이산도 잠시 생각을 하더니 고개를 끄덕였다.

"조선인의 거주지가 필요는 하겠습니다. 그러면 그 거주지를 새로 조성되는 항구 주변에 설치해야겠네요."

"물론입니다."

이어서 초량 왜관의 예를 들어 설명했다. 설명을 들은 갈이산이 몇 번이고 고개를 끄덕였다.

"무슨 말씀인지 알겠습니다. 본국도 조선인의 거주 지역이 정해지면 관리가 편하니 나쁘지 않습니다. 알겠습니다. 그 부분도 여기 계신 예판 대인과 논의해서 최선의 방안을 모색해 보겠습니다."

세자가 두 손을 모았다.

"장강 하구가 개발되면 양국의 국익에 모두 유익해집니다. 그러니 모쪼록 일이 잘 진행되도록 부탁드립니다."

갈이산도 답례했다.

"세자 저하의 기대에 부응할 수 있도록 최선을 다해 보겠습니다."

"잘 부탁합니다."

이어서 연회를 열었다.

양측 인사들은 마음에 짐을 내려놓은 탓에 흥겹게 연회에 어울렸다. 세자는 그런 연회를 적당히 즐기다 시기를 봐서 자연스럽게 빠져나왔다.

개혁군주

청국 특사와의 협상 타결 소식은 날이 지나기도 전에 온 사방에 소문났다. 덕분에 다음 날 상참에 참석한 중신들은 국왕에게 하례를 드리기 바빴다.

국왕은 기꺼웠다.

열넷의 세자가 협상을 성공시켰다. 더구나 절묘한 타협책으로 별다른 피해를 입지도 않았다.

상해가 개방되면 상무사는 날개를 달게 된다. 그런 사정을 알고 있는 국왕은 중신들의 하례에 진심으로 기뻐했다.

세자는 바쁘게 움직였다.

조강이 끝나고 정원용을 시켜 모든 유생을 소집했다. 그리고 이번 특사 현안에 다양한 의견을 내준 유생들을 치하했다.

면담을 마치고 여의도로 넘어갔다. 거기서 무기 개발 현황을 점검하고는 예조판서 이만수를 만났다.

"어서 오세요. 여의도는 오랜만이시지요?"

"예. 연초에 전하를 모시고 온 뒤로 처음입니다."

"귀찮게 여기까지 불러서 죄송해요."

이만수가 급히 손을 저었다.

"아닙니다. 그럴 만한 연유가 있어서 그러셨겠지요. 개인적으로도 어떻게 일이 진행되고 있는지 궁금해서 한번 둘러보고 싶기도 했사옵니다."

"아! 그러셨어요?"

"예. 여의도는 허가 없이 출입이 곤란한 지역입니다. 신도 함부로 넘어올 수 없는 곳이고요. 그래서 저하께서 불러 주셔서 오히려 반가웠습니다."

이만수의 설명대로 여의도는 사람의 출입이 금지되어 있었다. 그래서 상무사 직원도 허가 받은 사람만이 출입할 수 있었다.

세자가 미안한 표정을 지었다.

"죄송해요. 여의도에서 다루는 기술들이 워낙 기밀을 요하는 게 많아요. 더구나 육군무관학교와 군사시설도 있고, 거기다 대형 금고도 있어서 보안에 신경을 쓰지 않을 수 없어요."

"별말씀을 다 하십니다. 저도 저간의 사정을 누구보다 잘 알고 있는 몸입니다. 그런데 오늘은 무슨 까닭으로 여의도로 부르신 것인지요?"

"오늘 예판 대감께 중요한 말씀을 드리려고 해서 모셨어요."

세자가 고개를 돌렸다.

그것을 본 이원수가 밖으로 나가 나무 상자를 가지고 들어왔다. 그리고 탁자에 공손히 올렸다.

이만수의 얼굴에 물음표가 몇 개 떠올랐다.

"좌익위, 상자를 여세요."

"예, 저하."

상자가 개봉되자 이만수의 눈이 커졌다.

"저하. 이건 조총이 아닙니까?"

"맞아요. 정식 명칭은 조총이 아니라 수석 소총이지요."

"아! 소인이 착각했습니다. 맞습니다. 몇 년 전 저하께서 개발하신 수석 소총이 맞습니다."

"좌익위. 다음 소총을 꺼내세요."

이원수가 소총 두 정을 탁자에 더 올렸다.

"예판 대감께서 이 석 점의 소총들의 차이점을 알아보시겠어요?"

이만수가 세 자루의 소총을 이리저리 살폈다. 한동안 그러던 이만수가 자신 있게 대답했다.

"처음 본 소총은 현재 우리가 사용하는 소총입니다. 그리고 두 번째 소총은 부싯돌이 없는 형태로군요. 마지막은 처음 보는 형태인 후장 소총입니다. 그리고 이 후장 소총에는 놀랍게도 안에 강선이 파여 있사옵니다."

세자가 크게 기뻐했다.

"역시 대단하시네요. 맞습니다. 석 점의 소총은 예판께서 지적하신 특장점이 있습니다."

세자는 이어서 각 소총의 장단점을 상세히 설명했다.

그 설명을 유심히 듣던 이만수가 질문했다.

"그런데 소총의 차이점을 신에게 보여 주신 연유가 무엇인지요?"

"예판께서 특사로 연경에 가셨을 때 유념하실 일이 있어서예요."

"신이 연경에서 무엇을 조심하면 되옵니까?"

"먼저 여쭐 게 있어요. 예판은 상무사가 상해로 진출하려는 본래의 이유를 아시나요?"

"상무사 수익을 위해서가 아니옵니까?"

세자가 고개를 저었다.

"그건 명분일 뿐이에요. 나는 한촌에 불과한 상해를 대륙 최고의 상업 도시로 만들려고 해요."

"항주와 소주가 있는데도 말입니까?"

"그래요."

세자가 향후 전망에 대해 설명했다.

"……특히 강남으로 세를 확장하려는 백련교가 변수예요. 만일 백련교가 지금과 같이 세력을 확장한다면 청국은 반란을 쉽게 제압하지 못해요. 그러면 어떻게 되겠습니까?"

이만수가 믿지 않으려 했다.

"아무리 백련교의 기세가 대단하다고 해도 사교의 무리입니다. 그런 자들이 어떻게 청국의 공세를 이겨 낼 수 있겠사옵니까?"

세자가 고개를 저었다.

"그렇지 않아요. 종교의 맹신처럼 무서운 것은 없습니다. 광신도들은 불 속으로 뛰어들라고 해도 두려움 없이 뛰어듭니다."

"으음!"

"더구나 백련교의 뿌리는 송나라 때부터 이어져 있어요. 그런 백련교는 일반 백성들의 지지를 등에 업고 세력을 확장하고 있는 중입니다. 그런데 청국은 이를 막아 내지 못해서 팔기와 정규 병력이 완전히 무너진 상태이고요."

이만수도 동조했다.

"특사도 향용이라는 의병이 백련교를 막아 내고 있다고 했사옵니다."

"그래요. 그런데 만일 백련교가 과거의 악연을 떨쳐 내고 멸만흥한, 반청복명이라는 민족적 색채를 가미한다면 어떻게 될까요? 아마도 그 여파는 상상 이상으로 커질 수밖에 없습니다."

이만수의 고개가 무겁게 끄덕여졌다.

"지금 같은 상황에서 그런 기치를 내건다면 내란은 걷잡을 수 없이 확산될 것이옵니다."

"저도 그렇게 생각합니다. 중요한 사실은 백련교 세력이 커질수록 우리 조선에게는 운신의 폭이 더 넓어진다는 거예요. 그래서 저는 국익을 위해 백련교를 은밀히 지원하려고 합니다."

이만수의 눈이 더없이 커졌다.

"저하! 그게 무슨 말씀이옵니까? 저들은 반군 세력입니다. 만일 그런 자들을 지원했다는 사실이 알려진다면 우리 조선은 그야말로 누란의 위기에 처하게 됩니다."

세자가 단호한 표정을 지었다. 그러고는 신형 소총을 손으로 들어서 이만수의 앞에 놓았다.

"대감! 이제부터 우리 조선은 과거의 조선이란 생각은 완전히 버렸으면 합니다. 그리고 이 소총에 주목해 주세요. 우리 병력이 이 신형 소총으로 무장한다면 청국 병력 몇십만과 격돌해도 박살 낼 수 있습니다."

이만수의 시선이 신형 소총과 세자를 번갈아 바라봤다. 너무도 당당한 세자의 모습에 그의 표정은 시간이 지날수록 풀어졌다.

"정녕 가능한 말씀이옵니까?"

세자가 단호히 대답했다.

"그렇습니다. 이 소총으로 무장하면 과거 최강이었던 팔기도 충분히 박살 낼 수 있습니다. 그러니 조금도 의심하지 마세요."

세자가 확실하게 장담했다.

그럼에도 이만수가 고심했다. 그러던 그가 조심스럽게 문제를 제기했다.

"……저하! 신형 무기의 위력이 그토록 대단하다면 당장이라도 저들과 맞싸워도 되지 않겠사옵니까?"

세자가 고개를 저었다.

"나는 조선의 세자입니다. 그런 나는 우리 백성 한 명이 청나라 병사 만 명보다 소중합니다. 그래서 최대한 힘을 기르고 길러 최고의 순간이 왔을 때 거병할 겁니다."

"아!"

"그리고 상해로 진출하려는 까닭은 대업 이후의 대륙 상황을 염두에 둔 심모원려입니다."

이만수의 눈이 빛났다.

세자는 그에게 자신이 생각하고 있는 미래 계획을 설명했다.

설명은 꽤 길었다. 세자의 계획은 웅장해서, 경우의수가 하나둘이 아니었다. 이만수의 안색은 시시각각 변했으며, 종내는 탄성을 터트렸다.

"아아! 참으로 놀랍습니다. 저하께서 이토록 대단한 계획을 갖고 계시다니요. 그런데 주상 전하께서도 이런 계획을 알고 계십니까?"

"그렇습니다. 그래서 제가 청국 특사를 만나게 된 것이고요."

상황을 파악한 이만수가 거듭 고개를 끄덕였다.

"그랬었군요. 그래서 저하께서 특사에게 그런 제안을 당당히 하셨던 것이군요."

"맞습니다. 그러지 않았다면 아무리 제가 세자라고 해도 청국의 특사에게 함부로 그런 제안을 할 수 없었지요."

고개를 끄덕이던 그가 질문했다.

"그런데 저하의 계획을 알고 있는 사람이 얼마나 되옵니까?"

"몇 되지 않습니다. 아바마마와 여기 좌익위와 상무사의 외숙 정도입니다. 아! 백동수 사단장도 일부 알고 있고, 그리고 예판 대감이 전부입니다."

이만수의 표정이 굳어졌다.

"그러면 반드시 기밀을 엄수해야겠군요."

"물론입니다. 이러한 계획은 아는 사람이 적을수록 좋지요."

"하온데 어찌 신에게 말씀을 하신 것이옵니까?"

"상해 개방은 처음부터 계획했던 사안이 아닙니다. 그러나 상해 개방이 실현된다면 우리 계획에 너무도 중요한 분기점이 마련됩니다. 그래서 대감께 계획을 설명하게 된 것이지요."

"신의 연행이 반드시 성공해야 한다는 말씀이군요."

"부담이 되시겠지만 꼭 성공해 주셨으면 합니다. 그래서 연경에서 활동하시는 데 사용하라고 준비한 게 있습니다."

세자가 봉투 하나를 내밀었다.

"이게 무엇입니까?"

"연경의 전장(錢莊)에서 발행한 전표(錢票)로, 천은 일만 냥짜리 열 장입니다."

이만수의 눈이 커졌다.

"천은 십만 냥이라니요. 이렇게 많은 자금으로 연경에서 무엇을 하라는 말씀이옵니까?"

"의정대신은 자신의 탐욕을 위해 특사를 보냈습니다. 그런 자의 주변에는 반드시 탐학한 자들이 득시글거릴 겁니다. 그런 자들을 설득하기 위해서 아낌없이 사용하세요. 그래야

개혁군주

우리가 돈에 인색하지 않다는 걸 체감하게 될 겁니다."

"그래도 천은 십만 냥은 너무 많습니다."

"아닙니다. 상해를 우리 조선이 장악하게 만들기 위해서 결코 큰 금액이 아닙니다. 그리고 금액이 많다고 생각하신다면 그만큼 더 많은 이권을 얻어 내시면 됩니다."

이만수가 잠시 생각하다 결정했다.

"좋습니다. 제 모든 것을 바쳐서라도 이번 연행에서 반드시 좋은 성과를 거두고 돌아오겠습니다."

"고맙습니다."

"아닙니다. 조선의 신하로서 당연히 해야 할 일을 하는 것이옵니다. 적의 적은 아군이란 말이 있습니다. 청국을 무너트리기 위해서라면 백련교가 아니라 그 어떤 사교와도 손을 잡겠습니다. 그래서 우리 조선이 대국이 될 수만 있다면 신은 무슨 일이든 마다하지 않겠사옵니다."

이만수가 적극적으로 나서자 세자의 목소리는 거꾸로 진중해졌다.

두 사람은 이날 오랜 시간 머리를 맞대며 의견을 주고받았다. 대부분 세자가 설명했고 이만수가 경청했다. 세자는 필기구까지 활용해 설명했으며, 그런 세자가 쓴 글씨 중에는 조계(租界)라는 단어가 유난히 강조되어 있었다.

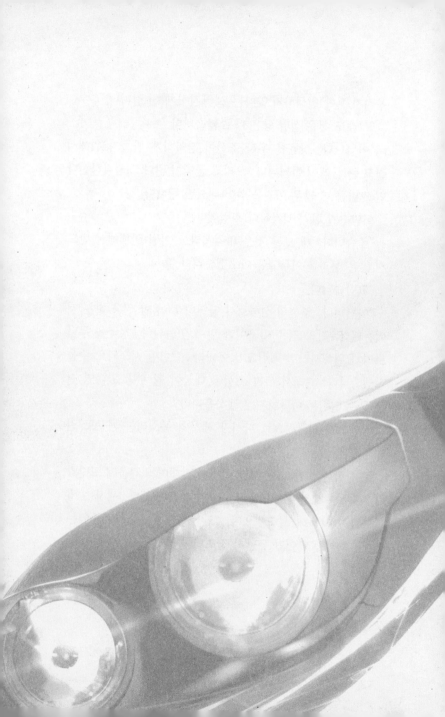

이전 지식을 활용하다

며칠 후.

이만수가 장도에 올랐다.

연행사신은 정사와 부사, 그리고 서장관이 포함된 삼사로 편성된다. 여기에 당상역관을 비롯한 십여 명의 역관과 호종 군관, 그리고 수십 명의 상인과 병졸, 하인까지 수백여 명이 움직인다.

그러나 이번은 달랐다.

특수 임무를 위해 파견되는 특사다. 그래서 이만수와 서장 관, 당상역관을 포함한 역관 몇 명, 호종군관과 병력 수십이 고작이었다.

파견 날, 국왕이 이만수를 불렀다. 이 자리에는 세자와 세명의 상신이 자리하고 있었다.

"예판에게 큰 짐을 지워 준 것 같아 미안하구나."

이만수가 급히 부복했다.

"황망한 말씀 거두어 주십시오. 주상 전하께서 지금까지 신을 총애하신 까닭은 나라의 중한 일에 쓰시기 위함이었습니다. 신은 그런 전하의 성은에 보답하기 위해서라도 반드시 임무를 완수하고 돌아오겠사옵니다."

이만수가 너무도 강력한 결의를 밝혔다.

국왕은 깜짝 놀라 그를 급히 만류했다.

"절대 무리하지 마라. 모사재인 성사재천(謀事在人 成事在天)이라 했다. 아무리 우리가 원하는 바가 중하다 해도 하늘이 돕지 않으면 이뤄질 수 없다. 그러니 최선은 다하더라도 강제로 일을 성사시킬 생각은 하지 말도록 하라. 중요한 건 예판의 무사 귀환이다."

세자도 거들었다.

"그렇사옵니다. 대감의 연행이 잘못돼도 괜찮습니다. 지금의 우리는 이런 시도를 한다는 사실 자체만 해도 중요한 성과입니다."

"옳은 말이다. 과거의 우리 조선이었다면 감히 꿈도 꾸지 못할 일이다."

"아바마마의 하교대로 하셔야 해요. 절대 몸을 상해 가면서까지 일을 성사시킬 생각은 마세요. 예판 대감께서는 앞으

개혁군주

로도 나라를 위해 해야 할 일이 너무도 많은 분임을 명심하세요."

국왕 부자가 다투어 안전부터 생각하라며 다독였다. 그런 염려의 말에 감복하지 않을 사람은 없다.

이만수가 그대로 무릎을 꿇었다.

"미신(微臣) 만수는 두 분 마마의 하해와 같은 성은에 언제라도 충성을 다할 것을 맹세하옵니다."

세자가 얼른 다가가 그를 부축했다.

"어서 좌정하세요. 대감의 충정은 아바마마와 제가 너무도 잘 알고 있습니다."

"저하!"

국왕이 너털웃음을 터트렸다.

"허허허! 참으로 보기 좋구나. 예판의 심정은 과인도 충분히 알았으니 그만 좌정하라."

"예, 전하."

이만수가 좌정하는 모습을 본 국왕이 모두를 둘러봤다. 그러고는 모처럼 소회(所懷)를 밝혔다.

"오늘 과인은 너무도 기쁘다. 불과 십여 년 전만 해도 감히 꿈도 꾸지 못할 일을 하게 되었다. 세자의 말대로 성사되지 않더라도 시도를 했다는 자체가 얼마나 중요한지 경들은 잘 알 것이다."

영의정 이병모도 적극 거들었다.

"소문을 들은 도성의 백성들이 입을 모아 왕실을 칭송하고 있사옵니다. 우리 조선이 대륙에 진출할 정도로 강성해졌다는 사실에 하나같이 환호와 찬사를 보내고 있고요."

다른 두 정승도 다투어 여기에 동조했다.

국왕은 흡족한 표정으로 연신 고개를 끄덕였다.

"예판."

"예, 전하."

"그대가 연행을 간다는 사실만으로도 나라가 이렇게 들썩인다. 상해 개방이 성공하면 더 환호작약하겠지. 그러나 지금의 이런 분위기와 기세만 해도 이미 소기의 목적은 달성했다. 그러니 연경에 가서 너무 큰 짐을 진 사람처럼 행동하지 마라."

"명심하겠사옵니다."

우의정 서용보가 나섰다.

"대감. 연경에 가거든 한 가지 주의 깊게 알아보실 일이 있습니다."

"제가 무엇을 알아보면 되겠습니까?"

"청국 조정이 백련교의난을 어떻게 대응하는지를 면밀히 살펴보셨으면 합니다. 지난번에 연경을 다녀온 사신의 말에 따르면, 청조에서 난을 진압하는 장수를 파견하는 데에도 뇌물이 오간다고 했사옵니다. 그 정보가 사실이라면 청조는 쉽게 난을 수습하기 어려울 겁니다."

세자가 즉각 동조했다.

"좋은 의견입니다. 청국은 지금 정규군이 완전히 무너진 상태입니다. 그래서 의병인 향용이 진압을 주도하고, 청국 조정은 지휘관만 파견하고 있는 상황이지요. 그래서 파견되는 장수의 성향만 제대로 파악할 수 있어도 우리의 다음 행보에 큰 도움이 될 것입니다."

이만수가 즉각 동의했다

"알겠습니다. 청국 조정의 동향과 내란 대응 사정을 상세히 파악해 오겠습니다."

세자가 봉투 하나를 건넸다.

"이번에 동행하는 무관과 장병 중에는 보안부대 소속 병력이 포함되어 있습니다. 이들은 의주 만상과 함께 수시로 연경을 오가며 정보를 수집해 오던 병력입니다. 이 봉투에 그들의 정보가 들어 있으니 적극 활용하세요."

"하오면 연경에도 연줄이 있단 말씀이군요?"

"당연히 그렇습니다. 그러니 대감께서 요원들을 활용하면 정보 수집에 많은 도움이 될 것입니다."

이만수가 사양하지 않았다.

"요긴하게 활용하겠습니다."

국왕 부자와 중신들의 대담은 한동안 더 진행되었다. 그리고 대담이 끝나고 돌아가는 중신들의 표정에는 이전에 없던 자부심이 걸려 있었다.

다음 날.

이만수와 청국 특사가 일찍 입궐했다. 그리고 국왕에게 하직 인사를 하고는 대궐을 나갔다.

비슷한 시각, 마포나루에서는 십여 명이 선착장에 모여 있었다.

그런 그들의 앞에는 범선 한 척이 대기해 있었다.

이들은 비원 요원들로, 세자의 밀명을 받고 백련교와의 협상에 나선 사람들이었다.

이들을 이원수가 배웅했다.

"이 과장, 잘 부탁한다."

비원의 중국과장 이상용은 역관 출신이다.

이상용은 여느 역관들처럼 본래는 상무사를 자원했었다. 그래서 상무사에서 근무하다 그를 눈여겨보던 이원수가 발탁해 비원 요원이 되었다.

이상용이 고개를 숙였다.

"최선을 다해 좋은 성과를 얻어 오겠습니다."

"세자 저하께서 이번 협상에 거는 기대가 크다는 건 이 과장도 잘 알고 있겠지?"

"물론입니다. 저뿐 아니라 동행하는 요원 모두 아주 잘 알고 있습니다."

"지시하신 사항은 잘 챙겼어?"

이상용이 자신의 머리를 두드렸다.

"머릿속에 완전히 저장해 주었습니다."

"잘했네. 백련교도들과의 접선은 문제없겠어?"

"예. 광주 입구에 있는 작은 섬에서 만나기로 했습니다."

이원수가 거듭 당부했다.

"저들도 보통 마음먹고 오는 게 아닐 거야. 그러니 협상을 잘 이끌어 나가도록 해."

"염려 마십시오. 칼자루를 쥐고 있는 건 우리입니다. 좋은 결과를 얻어 내지 못하면 그게 오히려 이상한 일이지요."

"이 과장이 자신만만하니 든든하다. 하지만 협상 여하에 따라 대륙 공략의 변수가 많아질 수 있으니 매사에 조심하도록 해."

이상용이 다짐했다.

"명심하겠습니다."

이원수가 크게 고개를 끄덕이며 그의 어깨를 몇 번이고 두드려 주었다. 그렇게 작별 인사를 마친 이상용 일행이 승선했다.

이들이 탄 배가 출발했다. 이상용은 갑판에서 마포가 보이지 않을 때까지 서 있었다.

이원수도 선착장에서 배가 양화나루를 돌아 완전히 시야에서 사라질 때까지 서 있었다.

청국 특사는 전날 국왕에게 하직 인사를 하고는 미리 모화
관으로 넘어가 있었다. 그 바람에 대궐을 나온 조선의 특사
행렬이 모화관까지 올라가야 했다.

　모화관으로 올라간 조선 특사는 대기하고 있던 청국 특사를
만났다. 그러고는 그들과 함께 보조를 맞춰 장도에 올랐다.

　양국 사신이 함께 움직인 경우는 그동안 한 번도 없었다.
그럼에도 양국 사신들은 너무도 자연스럽게 어울렸다.

　이렇게 될 수 있었던 까닭은 양국의 이해관계가 맞아서였
다. 당연히 세자가 청국 특사에게 두둑해 챙겨 준 뒷돈도 크
게 한몫했다.

　한여름 조선을 후끈 달구었던 청국 특사의 내방은 이렇게
끝났다. 청국 특사의 방문은 갑작스러웠으나, 조선으로선 천
재일우가 되었다.

　생각지도 않게 상해 공략의 여지가 생겼다. 그 여지를 세
자는 정확히 꿰뚫으면서 대륙 진출의 새로운 전환점을 만들
어 냈다.

　협상을 마친 청국 특사는 며칠 동안, 조선에 왔던 그 어떤
사신보다 환대를 받았다. 돌아가는 길도 환대는 이어졌으며,
그렇게 모든 기대를 한껏 받으며 압록강을 넘어갔다.

　이런 와중에도 개혁은 진행되었다.

노비 해방은 워낙 큰 국가 대사였다.

철저한 준비를 했음에도 초반에는 이런저런 문제가 터져 나왔다. 다행히 시간이 지나면서 대부분의 문제가 정리되고 해결되었다.

덕분에 가을에 접어들면서 한양으로 올라오는 보고서는 낭보가 이어졌다. 그런 보고를 받으면서 조정은 또 하나의 국가 대사를 준비했다.

❁

10월 초.

국왕은 조회에서 윤음을 반포했다.

군역 개편에 따른 국민개병제도에 관해서다.

조선은 양인개병제도를 실시하고 있었다. 그래서 모든 양인이 16세에서 60세까지 군역을 진다.

농병일치에 따른 군역은 양인들의 권리이면서 의무다. 그래서 사람 취급을 받지 못했던 노비는 이러한 권리를 누리지 못했다.

그렇다고 노비가 완전히 군역이 면제된 것은 아니다. 전시나 나라에서 필요로 할 때는 잡색군으로 징병되기도 했다.

군역은 현직 관료와 학생만이 면제되었다.

본래는 왕실 종친과 외척, 공신의 자제도 예외가 없었다.

당연히 모든 양반도 군역을 지게 되어 있었다.

초기에는 이러한 제도가 잘 지켜졌다.

그러나 군역은 점차 문란해졌다.

조선의 관리는 임시직이었다. 수시로 등용과 해직이 반복되었다. 이런 사정을 감안해서 관리들이 가장 먼저 군역에서 빠졌다.

이어서 서원이 군역 문란을 격화시켰다.

최초로 백운동 서원이 들어선 이래, 서원은 급속도로 확산되었다. 서원은 선현을 제향하고 학문을 연구하기 위해 설립되었다.

그래서 원생의 군역도 면제되었다. 이를 악용하기 위해 지역의 양반 자제들이 대거 입원한다.

겉으로는 학문을 연구하고 과거 공부를 한다는 이유였다. 그러나 군역을 회피하려는 불순한 의도가 당연히 내포되어 있었다.

이런 편법에 양민들도 가세했다. 양민들은 원노(院奴)를 자청해 군역을 면제받기도 했다.

조선의 양반이 과거제도에 매몰된 이유 중 군역이 큰 부분을 차지한다. 60까지 져야 하는 군역은 반상의 예외 없이 고단하고 힘들었다.

그런데 원생이 되면 평생 신분이 유지된다. 그래서 유력 가문은 서원을 만들어 자손들의 군역 기피를 용이하게 했다.

그 바람에 죽어나는 건 일반 백성들이었다. 백성들은 어김없이 군역과 군포를 부담해야 했다.

다행히 아직은 백골징포와 같은 탐관오리들의 학정이 크게 일어나지 않았다. 그럼에도 백성들은 군포에 대한 부담에 늘 힘들어 했었다.

윤음은 이런 부정의 고리를 원천 차단했다.

도승지가 윤음을 대독했다.

"……그동안 서원은 나라의 인재를 양성하는 데 큰 공을 세웠다. 그러나 시간이 지나면서 붕당을 결성하고 군역 기피의 온상으로 변질되어 버렸다. 이에 과인은 명한다. 서원은 전국 오십 곳의 사액서원을 제외하고는 전부 철폐하라."

청천벽력이었다.

특히 원생에 등재되어 평생 군역을 면제받았던 양반들은 더 그러했다. 그러나 윤음이 반포되고 있는 대전에서는 누구도 반발하지 않았다.

도승지의 대독은 계속되었다.

"지정된 서원은 문묘(文廟)에 종사된 인물이거나…… 부합하는 인물을 모신 경우에 한한다. 아울러 국가에서 하사한 3결을 제외한 서원전은 전부 국고로 몰수한다. 그리고 서원은 선현을 제향하는 기능만을 유지하며, 후학 양성은 내년에 개교하는 대학으로 전부 그 기능을 이관한다."

엎친 데 덮친 격이다.

전국의 서원은 무려 일천 개나 되었다. 그런 서원 중 오십 곳을 남겨 두고 철폐되었다. 더구나 제사 기능을 제외한 후학 양성 기능이 없어졌다.

본래 서원은 정원이 없었다.

그러나 군역 기피자들이 문제가 되자 숙종 때 인원을 제한했다. 그래서 생긴 정원이 사액서원은 스무 명, 다른 서원은 열다섯 명이다.

그러나 이런 숫자는 갖은 구실로 거의 유명무실해져 있었다. 그런 군역 기피자들에게 철퇴가 내려진 것이다.

"······국민개병제도에 따른 징병은 상설 징병으로 바뀐다. 징집 대상은 18세부터 30세까지이며, 복무 기간은 3년으로 한정한다. 그동안 문제가 되었던 군포는 철폐한다. 그 대신 국방세가 신설되어 국방 재원을 조달하며, 이를 위해 조세제도를 개편해 물품 거래에 따른 간접세로 전환한다."

처음으로 크게 술렁였다.

삼정은 조세제도의 근간이다.

그런 삼정 중 하나인 군정이 군포다.

그런 군포제도가 폐지되었다. 그 대신 간접세가 신설된다는 발표에 모두가 놀란 것이다.

그만큼 재정이 튼튼해졌다. 여기에 공산품이 쏟아져 나오며 간접세원 확보가 용이해졌다.

윤음 반포가 끝나고 국왕이 나섰다.

"경들은 들으라."

대전의 대신들이 일제히 대답했다.

"하교하여 주십시오!"

"내년에 드디어 군역 제도가 전면 개편된다. 이는 200여 년 전의 한을 풀기 위해 조정의 중지를 모아 시행되는 과업이다. 어떤 제도든 새로 시행하면 어렵고 불편하기 마련이다. 그러나 나라의 만년대계를 위해 반드시 넘어야 할 과업이니만큼 모두가 합심하여 일로매진하라."

"명심하여 거행하겠사옵니다."

윤음 반포에 양반들은 크게 아쉬워했다.

그동안 꼼수로 군역을 면제받던 행위가 금지되어 버렸다. 더욱이 서원에서 후학을 양성하지 못한다는 조치에 대해서는 크게 반발했다.

서원은 학연의 중심지다. 그리고 붕당의 온상이었는데, 그게 없어지게 된 것이다.

전국에서 상소가 쏟아졌다. 영남 유생들은 집단 상소를 올리며 반발했다. 엄청난 상소가 쏟아지자 중론을 모았던 조정도 흔들렸다.

국왕이 재차 윤음을 반포했다.

"서원의 후학 양성은 인정한다. 그러나 새로운 서원 신설을 엄금한다. 더하여 원생의 군역 면제는 악용이 답습될 것이 우려되어 불허한다. 특히 제례를 빌미로 금품을 요구하는

행위는 근절하며, 이를 어기는 서원은 무조건 엄벌에 처할
것이다."

연이은 윤음 반포에 유림은 당황했다.

지방 유림 대부분이 원생이란 허울을 쓰고 군역을 면피하
고 있었다. 그리고 유명 서원은 제례를 이유로 온갖 해악을
부리면서 원성을 받아 왔었다.

윤음이 이런 악행과 불법에 철퇴를 가했다. 그와 함께 제
도적 모순에 가려져 있던 유림의 민낯마저 아예 공표해 버린
것이다.

백성들이 환호했다.

백성들도 저간의 사실을 모르지 않았다. 그러나 지금까지
는 양반들의 위세에 눌려 누구도 이의를 제기하지 못했다.

그러나 사정이 달라졌다.

군사로 자임하는 국왕이 통렬히 서원의 문제점을 지적했
다. 윤음으로 공표되자 여론이 들끓었다.

대부분의 유림은 어느 순간 군역 기피자가 되어 있었다.
제례를 빌미로 금품을 요구하던 서원은 악행의 온상으로 명
예가 급전직하했다.

유림에게 명분은 무엇보다 중요하다.

그런 명분이 국왕의 윤음으로 박살 난 것이다. 그렇다고
윤음을 부정하며 반발할 수도 없었다.

전부가 사실이고 대부분의 유림이 실제 군역 기피자였기

때문이다. 그들이 앞세우던 강상의 법도와 도덕마저 공허해
졌다.

그렇다고 집단 반발도 어려웠다.

대학이란 대안이 벌써 마련되어 있었다.

조정에서는 몇 년 전부터 다른 개혁 정책과 함께 대학 설립
도 공표해 두었다. 그뿐이 아니라 전국 유력 서원의 지도부에
게 대학 설립의 취지를 설명하면서 설립을 유도해 왔었다.

그러나 지금까지 단 곳의 서원도 호응하지 않고 있었다.
그러다 벼락이 떨어지면서 전전긍긍하다가 대학 설립으로
눈을 돌렸다.

그러나 백성들은 달랐다.

피마길 주막에 몇 사람이 모여 있었다. 이들 중 중늙은이
가 술을 따르며 목소리를 높였다.

"이야! 세상 오래 살고 볼 일이야."

다른 일행이 어리둥절 대꾸했다.

"아니, 뜬금없이 그게 무슨 소리야?"

"내년부터 군포가 없어지잖아. 거기다 군역이 3년으로 고
정되었고 말이야."

일행도 목소리를 높였다.

"맞아. 나도 주상 전하의 윤음 소식을 듣고 깜짝 놀랐다
네. 처음에는 너무도 큰 변화에 기연가미연가 믿을 수가 없
었어."

다른 일행도 호응했다.

"나도 그랬다네. 자다가 홍두깨도 아니고, 평생을 옥죄던 군포가 없어진다는 말에 얼마나 놀랐는지 몰라. 아니 나보다 군포 마련에 늘 허리를 졸라야 했던 우리 마누라가 더 환호했다네."

"그랬을 거야. 우리 마누라도 만세를 부르며 기뻐했다네."

다른 사람이 끼어들었다.

"아이고! 말 마시게. 우리 집은 어려워 해마다 호포를 낼 때마다 장리 빚을 냈었네. 그래서 추수를 해도 늘 곤궁했었지. 그런데 그런 호포가 없어졌다는 말을 들은 마누라가 통곡을 하며 기뻐했다네."

잠시 술자리의 분위기가 숙연해졌다.

처음의 사내가 나섰다.

"세자 저하께서는 하늘이 내려 주신 분이야. 세상에, 우리 백성들을 위해 해마다 이렇게 좋은 정책을 펼치시는 분은 없을 거야."

"그렇고말고. 나는 군포가 없어진 것도 나무랄 데 없이 좋아. 그러나 그보다 3년 군역을 마치고 예비역을 7년으로 제한한 것이 획기적인 거 같아. 들리는 말로 예비역은 속오군보다 훈련이 적다고 하더라고."

다른 평상에 앉아 있던 사람이 동조했다.

"옳은 말씀이오. 지금 군역을 지는 사람들은 천인으로 한

정되어 있소이다. 그래서 속오군이 천예군(賤隷軍)으로 불리고 있지요. 이런 사람들도 전부 3년 복무에 7년 예비군의 혜택을 받게 되었으니 얼마나 다행한 일이오."

"그렇소이다. 노비까지 없어진 마당에 군역도 당연히 모두가 분담해야지. 그래야 좋은 제도를 만드신 세자 저하의 뜻을 받드는 거 아니겠소이까?"

이 말에 모두 고개를 끄덕였다.

누군가 잔을 들었다.

"어쨌든 좋은 세상이 펼쳐진 것은 분명한 사실이오. 자! 다들 그런 의미에서 건배합시다."

"좋소이다."

사람들이 일제히 잔을 들어 비웠다.

처음의 사내가 다시 나섰다.

"커! 좋다. 정말 세상이 달라지기는 했소이다. 과거였다면 뚝배기나 이빨 나간 사기그릇이 고작이었는데, 이렇게 주석 술잔으로 술을 마시니 말이오."

다른 사내가 술잔을 들며 호탕하게 웃었다.

"하하하! 옳은 지적이오. 어디 그뿐이겠소. 요즘 집집마다 주석 그릇이 없는 집이 없어요. 더구나 사방에 돌아다니는 수레도 나무에서 철봉으로 만든 것으로 바뀌고 있지 않소이까?"

"맞아요. 이렇게 우리가 입는 옷도 이렇게 바뀌고 있으니, 불과 10여 년 만에 세상 많이 바뀌었어요."

이 말을 한 사내가 입고 있는 옷은 신군복과 비슷한 복식이었다. 이런 옷을 입고 있는 사람들이 몇 되었다.

한복을 입고 있는 사내가 질문했다.

"그런데 그 옷이 그렇게 편하오?"

"물론이지요. 우선은 통이 좁아 거치적거리지가 않아요. 그리고 단추가 달려 있어 입고 벗는 데 편하고요. 특히 허리끈을 묶을 수가 있어서 사내가 용변을 보기도 좋을뿐더러 입기도 더없이 편하지요."

"하! 그럼 나도 이참에 옷을 바꿔볼까?"

"그래 보세요. 개량 복식은 상무사가 지원을 해 주어서 거의 원단 값이랍니다. 그래서 천을 사서 해 입는 것이나 다름없을 정도로 싸지요."

사내가 반색을 했다.

"아! 그렇소이까?"

"예. 상무사가 그런 지원도 하고 있네요. 백성들의 복식을 개량하기 위해서요. 그래서 나도 이번에 새로 장만한 옷이라오."

사내의 말에 주변 사람들이 눈을 빛냈다. 그런 그들의 눈빛에는 선망이 한껏 들어 있었다.

　　　　　　　　　　✿

군역이 개편되는 민감한 시기다.

세자는 비원 요원은 물론 보안부대 요원까지 총동원해 민심 동향을 살폈다. 그렇게 수집된 정보는 국왕과 세자에게 매일 보고되었다.

"다행히 민심 동향이 나쁘지 않네요."

이원수가 펄쩍 뛰었다.

"나쁘지 않다니요. 별말씀 다 하십니다. 지금 시중에는 주상 전하와 세자 저하를 칭송하는 소리가 하늘을 찌르고 있사옵니다."

세자도 보고서를 통해 그와 같은 사실을 알고 있었다. 그래도 쑥스러운 생각에 말을 돌렸는데, 이원수가 펄쩍 뛰며 짚어 낸 것이다.

"군포 폐지 때문에 그렇겠지요?"

"실질적인 체감은 군포겠지요. 허나 그보다는 군 복무가 정해지고 입영 연령이 제한된 것이 더 크게 와 닿는다고 하옵니다."

세자가 미처 생각하지 못한 부분이었다.

"아! 그래요?"

조선은 양민개병제도를 시행하지만, 실제로는 유사시에만 적용하고 있었다. 평상시에는 대부분의 백성이 군포로 군역을 대신했다.

"지금까지 백성들의 징집 연령은 60입니다. 이 말은 죽을 때까지 군역의 그늘에서 벗어날 수 없다는 것을 의미하지요.

그래서 군포를 내며 군역을 부담하지는 않지만, 늘 불안하게 살아갑니다."

"언제 징집될지 몰라서 그렇겠네요."

"그렇습니다. 그렇다고 군역을 감당하기도 어렵습니다. 일반 백성이 군역을 담당하려면 번상(番上)이 되거나 속오군이 되어야 합니다. 이렇게 되면 해마다 두 달간 군역을 집니다. 일반 백성들에게 두 달이란 시간은 결코 짧지 않습니다. 더구나 그동안의 식량을 자신이 조달해야 하니 얼마나 부담이 크겠사옵니까?"

세자가 한숨을 내쉬었다.

"후! 그러게 말입니다. 병역도 부담인데 식량까지 책임을 지게 했으니 엄청난 부담이고말고요. 그게 다 조세제도의 미비로 인해 재정이 부족해서 일어난 폐단이었고요."

"그러하옵니다. 만일 군역에서 식량만 부담하지 않는다면 군포를 내려는 백성들은 현격히 줄어들었을 겁니다."

"그랬을 거예요."

"그런 문제 때문에 군정의 온갖 폐단이 시작되었다고 해도 과언이 아닙니다."

세자가 서류를 들여다보았다.

"어쨌든 백성들의 호응은 상상 이상이네요."

"그렇사옵니다. 군 복무 기간에 나라에서 먹이고 입혀 준다고 했습니다. 그리고 7년의 예비군도 훈련 기간에는 나라에서 식량이 보급된다는 말에 환호하고 있고요."

"그만큼 먹고사는 일이 힘들다는 방증이지요. 그나저나 양반들의 반발이 많이 줄었다고요?"

"그렇사옵니다. 원생이 되어 군역을 기피하는 행위가 잘 못이라는 인식이 급속히 확산되고 있습니다. 실제로도 문제 가 많은 불법행위였고요. 그로 인해 단체 반발이 급격히 줄 어들고 있사옵니다."

"보부상과 비원 요원의 여론 작업이 좋은 성과를 거두고 있다는 의미네요."

"그러하옵니다. 흘러가는 상황으로 봤을 때 사립대학 설 립이 크게 늘어날 것 같습니다."

세자가 씁쓸해했다.

"이제 와서요? 대학을 설립하려면 갖춰야 하는 여건이 많 은데 일조일석에 되겠어요? 앞으로 팔도 감영 고을과 주요 고을에 국공립대학이 설립되면 교수부터 부족해질 겁니다."

"그렇기는 하옵니다만, 교원양성학교로 사람을 보내는 서 원도 있다고 합니다."

세자는 대학 설립을 지원하기 위해 교원양성학교를 설립 했다. 이 학교에서는 외국에서 들어온 과학 원서를 번역한 서적과, 세자가 감수해서 발행한 서적으로 교육을 시켜 오고 있었다.

세자가 안타까운 표정을 지었다.

"교원양성학교의 교수 자원이라고 해야 천여 명에 불과합니다. 그들은 부임할 대학 배정이 끝나 있고요. 그런 사람들을 만나 봐야 무슨 소용이 있다고요."

"그래도 가만있는 것보다 움직이는 게 그나마 좋은 현상 아니겠습니까?"

"그렇기는 합니다만……."

이때였다.

김 내관의 다급한 목소리가 들렸다.

"저하. 급한 보고이옵니다."

"들어오도록 해."

김 내관이 급히 들어와 고했다.

"밀명을 받고 청국으로 갔던 이상용 과장으로부터 급보가 도착했사옵니다."

세자가 놀랐다.

"무슨 문제가 생긴 거야?"

"급보라는 전언이 먼저 도착했사옵니다. 자세한 사항은 마포에서 올라와 봐야 합니다."

"이 과장이 마포에 온 거야?"

"아닙니다. 동행했던 요원만 돌아왔사옵니다."

세자는 순간 오만 생각이 다 들었다.

'대체 무슨 일이 생긴 거지? 백련교 사정을 충분히 파악했다고 생각했는데 돌발 변수가 생긴 건가? 이거 내가 너무 상황을 쉽게 봤던 건 아닌지 모르겠구나. 저들에게 우리가 파악하지 못한 내부 사정도 있었을 터인데, 협상이 너무 성급히 진행했나?'

이런저런 생각을 하느라 꽤 시간이 흘렀다.

김 내관이 이런 세자를 조심스럽게 불렀다.

"저하. 마포에서 비원 요원이 올라왔습니다."

"들라 하라."

문이 열리고 요원 한 명이 급히 들어와 무릎을 꿇었다.

이원수가 나섰다.

"무슨 일이 있기에 그대만 귀환한 거야? 혹시 백련교와의 접선에 실패했나?"

"아닙니다. 접선은 성공했습니다. 그런데 협상을 하던 도중 문제가 발생했사옵니다."

"무슨 문제?"

"백련교 지휘부가 세자 저하를 직접 만나 보고 싶어 합니다."

세자가 깜짝 놀랐다.

"저들이 나를 만나고 싶어 한다고?"

"그렇사옵니다."

이원수가 급히 나섰다.

"협상이 어떻게 진행되었기에 저들이 세자 저하를 만나자는 거야?"

"협상은 잘 진행되었습니다. 의견도 어느 정도 합의가 되었고요. 그런데 막상 계약을 체결하려고 하자 백련교 지휘부가 제안을 했사옵니다. 자신들에게 중요한 일이니만큼, 세자 저하를 직접 만나 뵙고 계약을 체결하겠다고요."

이원수가 와락 인상을 찌푸렸다.

"지금 무슨 소리를 하는 거야? 만에 하나 이 일이 청국에 알려지기라도 한다면 어떻게 되는지 몰라? 저들이 그런 제안을 했더라도 무조건 안 된다고 거절을 했어야지."

"이상용 과장도 당연히 안 된다고 했습니다. 그런데 백련교에서 비밀은 무조건 엄수할 수 있다고 장담했습니다. 그러면서 자신들의 제안이 이례적인 만큼 그에 합당한 대가도 지불하겠다고 약속했고요."

합당한 대가라는 말에 세자의 귀가 번쩍했다.

"무슨 대가를 지급한다고 했지?"

"저하와의 면담이 결정되면 무기 구입 대금을 선금으로 지급한다고 했사옵니다."

세자와 이원수의 눈이 동시에 커졌다.

이원수가 확인했다.

"그게 무슨 말이야? 무기를 받지도 않고 구입 대금부터 선지급하겠다는 말을 했다고?"

"그러하옵니다. 이상용 과장도 미심쩍어서 그 부분을 재차 확인했지만 분명 그렇게 대답했습니다."

이원수가 놀라 세자를 바라봤다.

"저하! 이 말이 사실이라면 백련교의 교세가 우리의 상상 이상인 것 같습니다. 그렇지 않고서야 막대한 무기 구입 대금을 선금으로 지급하겠다는 말을 할 수 없지 않겠습니까?"

"그런 거 같네요."

세자가 요원에게 확인했다.

"소총의 위력 시범은 만족했나 보네?"

"대만족을 했사옵니다. 백련교가 몸이 단 이유도 거기에 있사옵니다."

"매각하겠다는 숫자보다 추가로 요구할 가능성이 높다는 말이네?"

"저희가 봤을 때는 그렇사옵니다."

"으음!"

잠시 고심하던 세자가 요원을 바라봤다.

"다른 대가로 무엇을 더 지급해 주겠다고 했지?"

"자신들이 광주 일대를 장악하게 되면 상무사만의 활동 지역을 별도로 지정해 준다고 했습니다. 그러나 그 제안은 실효성이 없다며 이상용 과장이 거부했습니다."

"잘했네. 광주는 이화행이 있어서 별문제가 없지. 그리고?"

"그리고 상해의 장강 입구라면 필요한 면적만큼 조계 지역을 지정해 주겠다고 제안했사옵니다."

세자의 눈이 더 커졌다.

"필요한 만큼이라니. 그러면 면적이 넓어도 인정해 주겠다는 거야?"

"예, 그렇습니다. 그 대신 황포강의 동쪽 지역에 한한다고 했사옵니다."

세자는 이전 시대 상해 포동(浦東)을 떠올리며 쾌재를 불렀다.

그러나 아직 상해는 백련교도의 영역이 아니었다.

세자가 고개를 저었다.

"백련교가 상해 개방에 적극적인 점은 고무적인 일이야. 하지만 그 제안은 빛 좋은 개살구로 아직 실속이 없어. 그 제안이 성사되기 위해서는 백련교가 먼저 강남을 장악해야 해."

요원도 동조했다.

"맞는 말씀입니다. 그래서 이 과장도 그 점을 지적했습니다. 백련교도 그 점을 인정했습니다. 그러면서 자신들이 제공할 이권을 세자 저하를 직접 만나 뵙고 협의를 하겠다고 했사옵니다."

이원수가 거들었다.

"이런 제안을 하는 걸 보니 저들도 저하의 위명을 익히 들었나 보옵니다."

"으음!"

세자는 침음하며 고심했다.

그러나 결과는 처음부터 정해진 것이나 다름없었다. 세자 자신이 백련교의 지휘부를 만나 보고 싶다는 생각이 많았기 때문이다.

"그들은 지금 어디 있지요?"

"접선지인 광주 입구 작은 섬에 있사옵니다."

"좋아. 그러면 귀관은 지금 즉시 내려가 그들을 데리고 오도록 해."

이원수가 급히 만류했다.

"저하! 저들을 도성으로 불러들일 수는 없사옵니다. 아무리 미래를 위한 계획의 일환으로 저들과 거래를 한다 해도, 저들의 근본은 아직 반군에 지나지 않사옵니다."

세자도 바로 수긍했다.

"맞는 말씀이네요. 아무리 나라의 미래를 위한다지만 반군 지도자들을 공식적으로 만날 수는 없지요. 좌익위."

"예, 저하."

"저들을 화란양행 상관에서 만납시다. 그러면 나중에 조정에서 알게 되더라도 크게 문제가 되지는 않을 거예요. 아울러 접촉 사실도 상당 기간 비밀이 유지될 거고요."

이원수도 반대하지 않았다.

"알겠습니다. 신이 미법도로 넘어가 준비를 해 놓겠습니다."

세자가 요원에게 지시했다.

"이상용 과장이 있는 섬까지 다녀오려면 보름이면 충분할 거야. 그러니 날짜에 맞춰 백련교지휘부를 데려오도록 해. 면담 장소는 방금 말한 대로 미법도 화란양행 상관이야."

"명심하겠습니다."

지시를 받은 요원이 인사를 하고는 급히 전각을 나갔다.

세자도 바로 일어나 국왕을 알현하러 갔다.

보고를 받은 국왕이 우려했다.

"반군 수괴를 네가 직접 만난단 말이냐?"

"지금은 반군 수괴가 맞사옵니다. 하오나 저들이 개국하게 되면 전부 개국공신이 되는 자들이옵니다."

국왕의 안색이 묘해졌다.

"참으로 묘한 기분이구나. 과거 명의 태조도 탁발승을 하다 백련교도가 되었다. 그때부터 세를 불리고 주변의 도움을 받아서 명을 건국했었다. 그런데 이번에 네가 백련교 수괴들을 만난다니. 갑자기 그자들이 명 태조의 환생인 것 같다는 생각이 드는구나."

"아바마마께서도 백련교가 건국할 가능성을 높게 보시옵니까?"

국왕이 고개를 끄덕였다.

"이전에는 아니었다. 그러나 저들이 너를 만나러 올 정도라면 나름의 세력을 구축했다고 봐야 한다. 더구나 삼만 정의 소총과 총탄, 화약 대금을 선금으로 지급하겠다고 할 정도면 재정도 의외로 튼튼한 거 같구나."

"건국의 요소는 두루 갖추었다는 말씀이옵니까?"

"그렇다. 청국 강남은 예로부터 물산이 풍부한 땅이다. 그래서 남송도 150여 년을 유지했으며, 청에 밀렸던 남명도 이십여 년을 버틸 수 있었다. 백련교가 만일 그런 강남을 온전히 장악한다면 건국은 필연이다. 물론 유지하는 건 차후의 일이기는 하다."

"소자도 그렇게 생각하옵니다. 그리고 그렇게 대륙이 들 끓어야 본국의 숙원도 더한층 쉽게 달성할 수 있지 않겠사옵니까?"

국왕이 몇 번이고 고개를 끄덕이며 한동안 생각에 잠겼다. 그러던 국왕이 흔쾌히 윤허했다.

"좋다. 만나 봐라. 만나서 저들의 사정을 매의 눈으로 세세히 살펴보도록 해라. 그래서 최대한 우리의 국익에 도움이 될 수 있는 방향으로 협상을 진행해 봐라."

"그렇게 하겠사옵니다."

국왕을 알현하고 나온 세자는 이원수와 무기 개발 관련자를 불렀다. 그리고 백련교를 맞이하기 위한 머리를 맞대고 한동안 고심했다.

그리고 보름의 시간이 지났다.

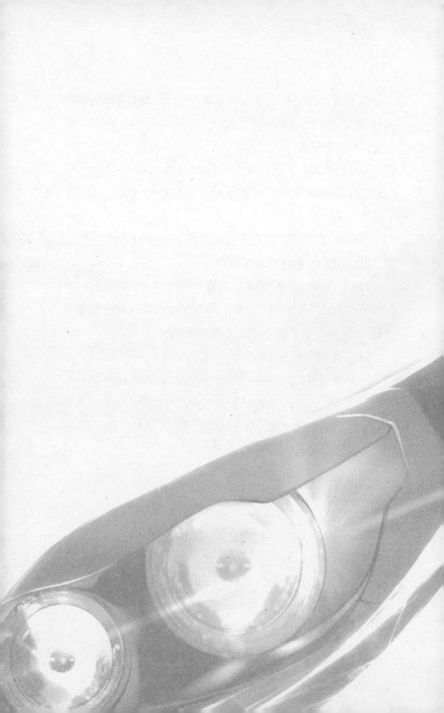

대륙 경영의 기반

미법도의 화란양행 상관은 몇 동의 건물로 구성되었다. 상관 건물과 창고들은 섬의 한쪽에 만들어진 선착장을 중심으로 배치되어 있었다.

세자가 미법도를 찾은 건 이번이 처음이다. 세자를 영접하기 위해 화란양행 직원 십여 명과 비원 요원들이 선착장에 나와 있었다.

배가 도착하자 이들이 승선했다. 화란 상관의 부관장인 얀 하우저가 능숙한 우리말로 인사했다.

"어서 오십시오, 저하."

얀 하우저는 시몬스와 자주 입궐했었다. 그래서 세자와도 안면이 꽤 많았다.

세자가 손을 내밀며 안부를 물었다.

"오랜만이네요. 얀 하우저 부관장. 지내는 데 불편하지 않나요?"

얀 하우저가 손을 맞잡으며 대답했다.

"나가사키보다 덜 더워서 지낼 만합니다."

"아! 맞다. 하우저 부관장이 나가사키에 오래 있었다고 했지요?"

"예. 동인도회사가 문을 닫기 전까지 5년 정도 머물렀었습니다."

"나가사키의 화란 상관은 지금 어떻게 운영되고 있지요?"

"바타비아 정부에서 직접 운용하고 있습니다. 저희는 물건을 거래할 때만 이용하고 있고요."

"화란양행 직원이 상주하지는 않는군요."

"우리가 화란양행을 설립하면서 바타비아 정부가 퇴거를 명했습니다. 그래서 우리 회사 직원은 상주하지 않습니다."

"그렇군요. 나가사키의 데지마는 도심과 접해 있어서 즐길 거리가 많다지요?"

하우저의 눈이 커졌다.

"놀랍습니다. 저하께서 나가사키 사정까지 잘 알고 계실 줄 몰랐습니다."

세자가 고개를 저었다.

"잘 알지는 못하고요. 해외 정보를 입수하다 알게 된 정도에요. 나가사키에서는 화란 상인들이 비교적 자유롭게 산다고 하던데 맞나요?"

"맞습니다. 초기에는 막부가 우리의 도심 출입을 엄격히 제한했습니다. 그러다 시간이 지나면서 출입 제한이 점차 완화되었지요. 덕분에 요즘에는 우리 직원 중 일본 여인과 결혼한 사람도 생겼을 정도입니다."

세자가 처음 듣는 사실이었다.

"일본인과 결혼한 사람도 있어요? 그럴 정도면 출입 제한은 거의 형식에 불과하겠네요."

"그렇습니다. 인근에 있는 청국 상인 거주지도 본래는 출입이 엄격했었습니다. 그러나 이제는 출입 제한이 거의 유명무실해졌습니다."

"그렇군요."

얀 하우저가 화란 상인들을 인사시켰다.

화란 상인들은 동양식으로 정중히 몸을 숙여 인사만 하려 했다. 그것을 세자가 일일이 악수를 나누면서 강한 인상을 심어 주었다.

세자가 배에 오른 비원 요원에게 확인했다.

"이상용 과장은 아직 도착하지 않았나?"

"예, 저하. 아직 정오가 되지 않았으니 곧 도착할 것으로 예상되옵니다."

이원수가 권했다.

"하선해서 기다리시지요."

"그럽시다."

세자가 하선해 화란양행 상관으로 갔다.

화란양행 건물들은 창고를 제외하고는 전부 2층의 목조로 지어져 있었다. 이런 건물의 중심에 화란양행 상관이 있었다.

"생각보다 건물이 크네요."

얀 하우저가 설명했다.

"우리 화란양행이 지금의 위치가 된 것은 상무사와의 업무 협조 덕분입니다. 거기다 거래 규모도 타국과 비교 불가할 정도이니 당연히 커야지요."

세자가 고개를 끄덕이면 건물을 둘러봤다.

얀 하우저는 잠시 기다렸다가 정중히 권유했다.

"들어가시지요, 저하."

"그럽시다."

화란양행 상관은 실용적으로 지어졌다. 세자는 그런 본관의 2층 접견실로 안내되었다.

접견실에는 넓고 긴 탁자가 마련되어 있었다. 세자가 그 중앙에 앉자마자 비원 요원이 보고했다.

"저하. 이상용 과장이 탄 배가 접근하고 있사옵니다."

"그래?"

세자가 일어나 창으로 갔다.

그러자 앞에 있는 서검도를 막 돌아 들어오는 범선이 보였다. 그런 범선의 마스트에는 태극기와 함께 상무사의 깃발이 휘날렸다.

잠시 후.

배가 선착장에 도착하고 이상용과 일단의 인원이 하선했다. 이들은 대기하고 있던 요원의 안내를 받아 상관으로 이동했다.

세자는 창문에서 백련교 지도자를 내려다봤다. 놀랍게도 그들 중 한 명이 여자였다.

"여자도 한 명 있네요?"

비원 요원이 설명했다.

"왕총아라고, 백련교에서는 미륵의 현신으로 칭송받는 여자입니다."

"그 정도로 인정을 받고 있다고요?"

"백련교는 미륵 사상을 신봉하는 불교의 일파입니다. 염불도 '진공가향 무생노모(眞空家鄕 無生老母)'라는 팔자진언을 외우고요. 그런 백련교에서 왕총아는 미륵의 현신으로 교도들에 의해 신격화되고 있는 여인입니다."

"발언권도 상당하겠네요."

"그렇습니다. 그녀의 남편이 백련교의 총교도였습니다. 그러다 궐기 직전 붙잡혀서 사형당하면서 저 여자가 봉기를 주도하게 되었고요."

"봉기의 주동자라고 해도 과언이 아니네요?"

"그렇습니다. 왕총아는 봉기를 주도해 청군과 싸우다 포위가 된 적이 있었습니다. 그때 치욕스럽게 잡히느니 자결하겠다고 절벽에서 뛰어내렸는데 기사회생했습니다. 그때부터 신도들이 그녀를 더 떠받들고 있다고 합니다."

"음!"

비원 요원의 설명을 듣는 동안 이상용과 백련교 지휘부가 2층으로 올라왔다.

이상용이 그들과 함께 들어오자마자 정중히 몸을 숙였다.

"세자 저하를 뵙습니다."

"어서 와요, 이 과장."

세자가 이상용과 비원 요원에게 악수를 하며 노고를 치하했다. 인사를 마친 이상용이 백련교 지도자를 소개했다.

"여기 이분은 백련교의 총교도인 왕총아(王恩娥)님입니다. 그리고 이분들은 교도들로 유지협(劉之協), 송지청(宋之淸), 요지부(姚之富) 대인이십니다."

이상용이 왕총아를 먼저 소개했다.

이미 그녀에 대한 보고를 받은 세자가 의연하게 두 손을 모았다.

"어서들 오시오. 다들 잘 와 주었소이다."

왕총아도 두 손을 모았다.

"저희의 면담 요청을 받아 주셔서 감사드립니다."

유지협도 인사했다.

"만나서 반갑습니다. 세자님의 영명은 오래전부터 들어서 알고 있었습니다. 그런 분을 이렇게 뵙게 되어 대단히 영광스럽습니다."

대놓고 칭찬을 하는 통에 세자가 머쓱해졌다. 그래서 얼른 웃음을 지으면서 자리를 권했다.

"하하! 고마운 말씀이네요. 자! 우선 앉으세요."

세자의 권유에 사람들이 자리에 앉았다. 세자가 중앙에 앉고 손님인 백련교 지휘부가 왼쪽, 이원수와 비원 요원들이 오른쪽에 자리했다.

유지협이 다시 정중히 사은했다.

"저희의 청을 받아 주셔서 감사합니다."

"별말씀을요. 그런데 무기 시연은 충분히 보셨을 터인데 무슨 일로 나를 보자고 하셨지요?"

이번에는 왕총아가 나섰다.

"귀국의 무기는 놀랍도록 정교했습니다. 명중률도 기존의 조총과는 비교할 수 없을 정도였고요. 그래서 우리 백련은 귀국이 제안한 수량보다 더 많은 물량을 구입했으면 합니다. 가능하겠습니까?"

이미 예상하고 있던 바였다.

"가능은 한데, 얼마나 필요하십니까?"

"오만 정의 소총과 천만 발의 총탄과 화약입니다. 그리고 소모품인 총탄과 화약을 지속적으로 공급해 주었으면 합니

다. 여기에 우리가 타고 온 규모의 범선 열 척도 구매했으면
합니다."

세자의 눈이 커졌다.

"범선까지 구매하겠다고요?"

"그렇습니다. 범선 구입이 가능하다면 대금은 전부 금이
나 은으로 선지급하겠습니다."

세자가 놀라 한 번 더 확인했다.

"방금 주문한 물량을 환산하면 엄청난 금액이에요. 그 많
은 금액을 선지급한단 말씀인가요?"

"그렇습니다."

이상용이 부언했다.

"얼마 전부터 백련교가 멸만흥한의 기치까지 내걸었습니
다. 그 바람에 관망해 오던 지역 유림이 대거 백련교를 지지
하게 되었습니다. 유림이 움직이면서 상인들까지 대거 가세
했고요."

세자로선 처음 듣는 보고였다.

"상인들까지 가세하다니, 그러면 세력이 급격히 확산되었
겠네요."

"그렇습니다. 물품 대금을 직접 치르겠다고 자신하는 것
도 그런 이유가 복합되어서입니다."

"그렇구나."

대화가 끝나자 요지부가 나섰다.

"우리 백련교는 그동안 뚜렷한 목적의식이 없이 활동해 왔습니다. 그저 탐관오리들을 징계해서 우리가 접수한 지역을 현실의 진공가향으로 만들려고만 했습니다."

진공가향은 백련교의 이상향이다.

"그러나 시간이 지나면서 우리의 생각에 큰 문제가 있다는 점을 알게 되었습니다."

세자도 동조했다.

"옳은 말씀입니다. 세력이 커지기 위해서는 그 정도의 목표로는 많이 부족합니다."

"맞습니다. 그리고 저희 사이에서도 목표가 부족했다는 자각이 광범위하게 일어났습니다. 그래서 몇 개월 전 주요 교도들이 모여 총회합을 했고, 거기서 목표를 결정하게 되었습니다."

세자가 곧바로 지적했다.

"건국을 결정했나 보군요."

요지부가 두 손을 모았다.

"역시 소문대로 대단하십니다. 맞습니다. 우리 백련은 건국을 결정했습니다. 그러기 위해서는 문호를 개방해, 어떤 종교든지 멸만흥한의 뜻만 맞으면 전부 받아들이기로 했습니다."

"이상에서 현실을 자각한 건 축하할 일이네요. 그런데 그렇게 되면 백련교가 처음 내건 기치에 반하지 않나요?"

유지협의 설명이 이어졌다.

"그 때문에 격론이 오가기는 했습니다. 그러다 대세를 위해 문호를 개방하자고 결의했고요. 우리 백련교의 교리는 도교와 불교가 융합되어 있습니다. 그래서 타 종교에 대해 비교적 너그럽습니다."

왕총아가 나섰다.

"진공가향을 현세에 만들기 위해서는 차별을 두지 않고 받아들여야 합니다. 그렇게 함께하는 것이 진정한 미륵 세상이고요."

세자가 크게 고개를 끄덕였다.

"놀라운 결정을 했네요. 대개의 종교는 편협해서 이교를 배척합니다. 그런데 백련교는 그렇지 않고 모든 종교를 받아들이기로 했다니요. 아주 고무적인 현상이네요."

"좋게 봐주셔서 감사합니다."

세자가 잠시 생각했다.

"소총은 재고가 있어 원하는 수량을 수출할 수 있습니다. 그런데 범선은 미안하지만 여력이 없습니다."

"그러시면 기존의 선박이라도 매각해 주셨으면 합니다."

"기존 선박을 매각하려면 전면 개장을 해야 해서 시간이 필요합니다. 그리고 아직 본국도 필요한 선박의 수요를 다 채우지 못한 상황이고요."

유지협이 질문했다.

"배를 전면 개장까지 할 필요가 있습니까?"

"물론이지요. 우리 배를 타고 오면서 보셨겠지만, 우리 범선은 고유의 형태가 있어요. 그래서 배를 조금만 아는 사람이 보면 바로 본국의 선박이란 사실을 알아볼 수가 있지요. 그런 배를 그냥 넘겨줄 수는 없지요."

완곡한 거절이었다.

유지협이 크게 아쉬워했다.

"아! 그렇습니까?"

그들에게 세자가 반문했다.

"그런데 범선은 왜 필요한 겁니까? 내가 알기로 강남에는 말보다 배가 더 많은 걸로 아는데요. 특히 강남 고유의 범선도 있지 않습니까? 필요하면 그런 배를 징발하거나 매입하면 되지 않나요?"

유지협의 고개가 저어졌다.

"배는 많습니다. 넘쳐 날 정도로요. 그러나 저희가 계획한 바를 시행하기에는 크게 부족해서요."

"무엇을 계획하시는데요?"

"청국은 수군이 약합니다. 있다고 해도 거의 유명무실하고요. 그래서 대규모 선단을 구성해 해안 지역을 통제해 보려고 합니다. 그렇게 하면 수군이 약한 청국이 더 쉽게 무너질 거 같아서요."

의외의 설명에 세자가 놀랐다.

"그런 계획을 세우다니 대단하네요. 그런데 선단을 운용하려면 유능한 수군 장수와 수군이 필요합니다. 그런 준비는 되어 있습니까?"

"아직은 없습니다. 선박이 준비되면 그때부터 조련을 시작할 계획입니다."

세자가 고개를 저었다.

"어려운 일입니다. 여러분은 수군을 운용해 보지 않아 쉽게 생각하시는데, 수군 양성은 일조일석에 이뤄지지 않습니다. 함대를 운용하는 장수는 적어도 10년 이상의 경험이 있어야 하고요. 그리고 그런 장수가 있다고 해도 수군 조련은 짧아도 몇 년 이상의 시간이 필요합니다."

유지협이 놀라워했다.

"그렇게나 많은 시간이 필요합니까?"

"예. 그것도 유능한 장수가 있을 때 가능한 일입니다. 그런데 백련교는 수군 장수가 전무하니 함대 양성은 생각만큼 되지 않을 거예요."

백련교 지휘부의 안색이 급격히 흐려졌다.

그런 사람들을 보고 세자가 조언했다.

"그렇게 되면 곤란해질 겁니다. 그리고 지금은 힘의 집중이 필요할 때가 아닌가요? 불어나는 세력을 온전히 다독이려면 모든 역량을 하나로 집중해야 합니다. 그러지 않고 군사력을 분산한다면 청국의 공세를 효과적으로 방어하기 어렵습니다."

이원수가 부언했다.

"세자 저하께서는 병력이 분산되면 먼저 무너질 수 있다는 말씀을 하신 겁니다."

유지협의 얼굴이 붉어졌다.

"우리 병력은 강해서 쉽게 무너지지 않습니다."

세자가 강하게 나갔다.

"백련교의 병력은 온갖 군상이 다 모여 있을 겁니다. 그런 병력은 기세가 오를 때는 막강한 힘을 발휘합니다. 허나 한 번 밀리기 시작하면 모래가 무너지듯 단번에 쓸려 나갈 수가 있어요."

"……."

"그런 병력은 대규모로 병력을 운용하는 것보다 소규모로 움직이는 게 좋습니다. 그러면서 명령 체계를 통일하고 안정을 시켜야 해요."

유지협의 안색이 창백해졌다.

세자의 지적대로 백련교는 게릴라전을 적극 활용하고 있었다. 그런 전략 덕분에 기병이 주력인 청군이 제대로 힘도 쓰지 못하고 있는 상황이었다.

대화를 듣던 왕총아가 나섰다.

"세자님께서는 우리 백련이 건국에 성공할 수 있다고 보십니까?"

세자가 고개를 갸웃했다.

"이미 건국을 결정했다고 하지 않았나요?"

"그렇기는 합니다."

"그런데 왜 이런 질문을 하지요?"

왕총아가 주저하다 대답했다.

"솔직히 지금 보유한 병력으로 청국을 멸망시킬 수 있을지 걱정이 되어섭니다."

세자가 고개를 저었다.

"목표를 너무 과하게 잡았네요. 청국의 힘이 아무리 약해졌다고 해도 아직은 저력이 있습니다. 백련교의 입장에서 그런 청국을 전부 무너트리기는 어렵습니다. 그렇게 할 필요도 없어요."

백련교 지휘부가 술렁였다.

왕청아의 목소리가 다급해졌다.

"그렇게 할 필요가 없다니요. 청국을 전부 무너트리지 않고 다른 방도가 있단 말입니까?"

"물론이지요. 강남만 장악해서 건국하면 됩니다. 그러고 나서 장강을 경계로 삼으면 되고요. 모두 아시겠지만 장강은 넓어 국경 역할을 충분히 할 수 있습니다."

"아!"

누군가 탄성을 터트렸다.

그럼에도 왕청아의 안색은 조금도 달라지지 않았다. 아니,

오히려 더 심각한 표정을 지었다.

그 모습을 본 세자가 질문했다.

"왕 총교도께서는 그도 쉽지 않다고 생각하나 보군요."

왕총아가 고개를 끄덕였다.

"강남은 넓습니다. 그런 강남을 우리가 온전히 장악할 수 있을지 솔직히 걱정이 됩니다."

"그래도 반드시 그렇게 해야 합니다. 그래야만 그대들이 살아남을 수 있어요."

"……후!"

세자의 목소리에 힘이 들어갔다.

"나는 그대들이 하루빨리 강남으로 내려갔으면 합니다. 그렇게 되면 북경과 더 멀어지게 되어서 세력을 키우기가 쉽습니다. 그리고 강남은 반청의 본거지라는 장점도 있고요. 필요하면 운남에서 거병한 묘족과 공조하기도 쉽고요."

의외의 제안이었는지 왕총아와 백련교도들은 한동안 말을 못 했다. 세자는 그들이 고심하는 동안 조용히 있어 주었다.

왕총아가 다시 길게 한숨을 내쉬었다.

"후! 강남을 장악해 건국한다는 생각은 해 본 적이 없었습니다. 우리의 본거지는 장강 이북의 사천과 호북 북부입니다. 그래서 강남은 거점이 아니라 세력을 넓힐 대상으로만 생각하고 있었습니다."

"그럴 수도 있겠네요. 그런데 우리가 파악한 바로는 강남에서도 백련교의 호응이 대단하다고 들었는데, 아닌가요?"

"그렇기는 합니다."

요지부도 거들었다.

"우리가 청국 팔기를 연거푸 격파하면서 강남의 세력이 급격히 늘어나는 중입니다."

세자가 적극 강조했다.

"그러면 주저 말고 강남으로 구심점을 이동하세요. 그러면서 멸만흥한을 더 앞세우고요. 과거의 악연을 떨쳐 버릴수만 있다면 반청복명의 기치를 내걸면 최상이고요."

모두의 안색이 흐려졌다.

백련교는 명교(明教)라고도 한다. 백련교도였던 주원장이 건국하며 나라 이름을 여기서 따와 '명(明)'이라 했다.

그러나 백련교의 도움으로 건국한 주원장은 백련교를 가차 없이 사교로 몰아붙였다. 그 바람에 백련교는 명나라 내내 억압받아야 했다.

그래서 백련교는 명이라면 이를 갈았다.

그런데 세자가 그런 악연의 고리를 끊으라고 한다. 백련교로서는 쉽게 대답할 성질이 아니었다.

세자도 이를 모르지 않았다.

"백련의 입장에서는 결코 쉽지 않을 겁니다. 하지만 건국을 위해서는 적도 포용할 필요가 있습니다. 그러니 심사숙고해 보세요. 만일 반청복명의 기치까지 내건다면 백련은 강남에서 들불처럼 세력을 확장할 수 있을 겁니다.”

“…….”

한동안 말이 없었다.

이성적으로 생각하면 세자의 제안에 동조하는 게 맞다. 그러나 백련교에게 명나라는 한이고 치욕이고 고통이어서 받아들이기 어려웠다.

세자가 다시 나섰다.

“명나라를 인정하기는 어렵겠지요?”

왕총아가 동의했다.

“솔직히 그렇습니다. 우리 백련은 명나라 시절 사교로 찍혀 수많은 신도가 사사되었습니다. 그런 명을 받아들인다는 건…….”

“그러실 거예요. 그러면 구호를 바꿔 보세요. 반청복명이 아니라 반청복송(宋)으로요.”

왕청아가 깜짝 놀랐다. 아울러 다른 백련교의 지도자들도 눈을 번쩍 뜨며 놀랐다.

“반청복송이라고요?”

“그렇습니다. 명이나 송 모두 한족이 세운 나라입니다. 그런 송을 이어받겠다고 하면 강남 유림도 반길 겁니다. 한족이 주류인 강남 유림에게는 명이나 송이나 마찬가지 의미니까요. 그러면서 백련이 명이라는 이름을 버린 것도 이해해 줄 거고요.”

유지협의 목소리가 커졌다.

"명분만 확실하면 된다는 말씀이군요."

세자가 격하게 반겼다.

"바로 그겁니다. 청국이 북경에 입성하고 반청복명 운동이 가장 많이 일어난 지역이 강남입니다. 건국 초기 청국이 얼마나 강성했습니까? 그럼에도 남명이 이십여 년을 버틸 정도로 강남은 반청 사상이 극렬했던 지역이지요. 지금은 청국의 화합 정책으로 반청 사상이 거의 가라앉았지만 언제라도 재발할 수 있는 지역이기도 하고요."

"정확히 보셨습니다. 강남의 유학자들은 지금도 변발에 아주 부정적입니다."

"예. 그러니 반청복송을 기치로 내거세요. 그러면서 강남 유림에 확실한 명분을 심어 주세요. 만주족의 특징인 변발도 없애고 복식도 회귀하고요."

백련교 지도자들이 서로를 바라봤다.

이들은 봉기와 함께 머리를 기르고 있었다. 백련교 지도자들은 거의 동시에 고개를 끄덕였다.

유지협이 두 손을 모았다.

"우리 백련을 대표해 조선의 세자님께 진심으로 감사드립니다. 오늘의 고견이 없었다면 우리 백련은 건국을 하고도 아주 애를 먹었을 겁니다."

왕총아도 두 손을 모았다.

"유 교두의 말씀대로 우리 백련이 세자님께 큰 은혜를 입었습니다."

세자가 정리했다.

"고마운 말씀이네요. 자! 그럼 정리합시다. 내가 여러분에게 이런 조언을 하는 것도 우리 국익에 도움이 되고자 함입니다. 그러니 이제부터 그대들이 본국에 어떠한 도움을 줄 것인지를 말씀해 주셨으면 합니다."

요지부가 나섰다.

"우리가 장강을 국경 삼아 건국하면 상해에 있는 황포강의 동쪽 지역을 조계로 지정해 드리겠습니다. 그 면적은 세자님께서 결정하십시오."

이상용이 나섰다.

"지난번에도 말씀드렸지만, 그 정도 제안으로는 부족합니다. 더구나 오늘 세자 저하께서 현묘한 조언까지 해 주셨으니 좀 더 열린 자세로 제안을 해 주셨으면 합니다."

왕총아가 나섰다.

"혹시 더 많은 지역의 개방을 바라십니까?"

세자가 고개를 저었다.

"개방은 상해 정도면 됩니다."

"그러면 영토를 할양해 드려야 합니까?"

왕총아의 제안에 세자가 놀랐다.

"그럴 생각은 있습니까?"

왕총아가 잠시 눈을 감고 고심했다. 그러던 그녀가 눈을 뜨고서 놀라운 제안을 했다.

"상해 지역을 제외하고는 본토를 떼어 줄 수는 없습니다. 자칫 그게 빌미가 되어 내부 결속이 흔들릴 수도 있으니까요. 그 대신 우리가 강남을 평정하면 대만 섬을 넘겨드리겠습니다."

세자가 크게 놀랐다.

그런 표정을 본 왕총아가 처음으로 미소를 지었다. 그런 그녀의 미소가 너무 환해 세자가 거듭 놀랐다.

"세자님의 놀란 모습은 처음이네요. 제가 대만을 거론할 거라고는 생각하지 않으셨나 봅니다."

"솔직히 예상 밖입니다. 그대들이 대만을 넘겨주겠다는 제안을 할 거라고는 조금도 생각하지 못했습니다."

왕총아의 안색이 더 밝아졌다.

"세자님의 예상을 벗어났다니 기쁘군요. 사실 여기로 오는 배에서 우리는 많은 협의를 했었습니다. 무엇으로 귀국에 보답할지를 말입니다. 그러다 여기 있는 유지협 교도께서 제안했습니다. 대만을 넘겨주자고요."

유지협이 말을 받았다.

"우리가 강남에 건국하고 나면 청국은 수단 방법을 가리지 않고 이를 무산시키려 할 겁니다. 그렇게 되면 대만에 대한 신경을 거의 쓰지 못하게 됩니다. 그래서 생각했습니다. 대만을 귀국에 넘겨주면서 바다에 대한 방어를 일부 부담시키자고요. 귀국이 응해만 준다면 건국 초기 우리에게 큰 도움이 될 수 있다는 판단을 했습니다."

세자가 놀라지 않을 수 없었다.

"대단한 발상의 전환이네요. 그런데 우리에게 해안 방어를 전부 맡기겠다는 말은 아니겠지요?"

"모든 바다를 부탁드리지는 않겠습니다. 다만 상해에서 대만까지의 바다는 잠시 막아 주셨으면 합니다. 그 대가로 대만을 넘겨드리면 귀국도 결코 손해가 되지 않을 겁니다."

세자가 크게 웃었다.

"하하하! 그 지역을 막는다는 건 결국 모든 바다를 방어해 주는 거나 마찬가지입니다. 청국은 지금까지 대만을 군사 목적 이외에는 거의 활용하지 않고 있어요. 그래서 해안 지대를 제외하면 거의 개발이 되어 있지 않고요. 그런 섬을 넘겨주는 대가로는 너무 큰 요구네요. 우리가 그 요청을 받아들이면 우리와 청은 적국이 되어야 합니다."

유지협의 목소리가 은근해졌다.

"조선은 이미 그럴 각오가 되어 있는 것으로 알고 있습니다. 그 일환으로 우리를 이렇게 지원해 주는 것 아닌가요?"

세자가 눈을 부릅떴다.

회의장에는 갑자기 긴장감이 감돌았다.

그렇게 유지협을 노려보던 세자가 이내 파안대소했다.

"하하하! 놀랍네요. 백련교에 인재가 많다는 걸 오늘 많이 느낍니다."

긴장했던 유지협의 안색이 풀어졌다. 그러고는 두 손을 모아서 사죄했다.

"제가 세자님의 심기를 어지럽힌 것 같습니다. 방금 드린 말씀은 제 사견이니 너무 신경 쓰지 말아 주십시오."

세자가 손을 저었다.

"아니에요. 내가 놀란 건 유 대인이 내 속을 들여다본 거 같아서예요."

유지협의 안색이 환해졌다.

"제 생각이 맞았다는 말씀이군요."

"그래요. 솔직히 말씀드려 우리 조선은 아직 제대로 서지 못하고 있어요. 그래서 진정한 자강불식을 위해 최선의 노력을 경주하고 있습니다."

세자가 백련교도들을 둘러봤다.

"그런 우리의 노력은 그대들의 건국에 분명 도움이 될 겁니다. 그리고 그 일환으로 방금 그대들이 제안한 대만 할양을 받아들이겠습니다."

왕총아의 안색이 환해졌다.

"그러시면 우리 유 교도가 제안한 바다 방어를 받아들이신단 말씀입니까?"

"물론입니다. 우리가 방어를 시작하면 청국의 선박은 허락 없이 통과하지 못하게 만들겠습니다."

백련교 지휘부가 일제히 두 손을 모았다.

"우리의 요청을 받아 주셔서 감사합니다."

세자도 마주 보며 답례했다.

"그대들의 선택이 옳았다는 것을 반드시 보여 주겠습니다."

이로써 협상은 큰 고비를 넘겼다.

아직 백련교도가 강남을 장악한 것은 아니다. 그럼에도 그에 대해 누구도 우려를 보이지 않았다.

그만큼 백련교는 세력 확장을 자신했다. 그리고 세자가 제안한 반청복송과 이번에 매입하는 소총에 대한 기대감이 협상을 순조롭게 만들었다.

협상은 일사천리로 진행되었다.

백련교는 범선을 매입하지 못한 부분은 아쉬워했다. 그러나 세자의 조언에 고무된 백련교도들은 아쉬움을 쉽게 떨쳐 냈다.

협상을 마치고 조인식이 거행되었다.

백련교는 네 사람이 연명했으며, 조선에서는 세자와 이원수와 이상용이 서명했다. 서명이 끝나고 기록 화가를 위해 잠시 자세를 취했다.

백련교 지도자들은 세자에게 거듭 사은하며 돌아갔다. 이들은 세자에게 계속해서 조언을 구하겠다고 했으며, 세자도 흔쾌히 이를 받아들였다.

"다녀오겠습니다."

이상용이 이들과 동행했다. 그런 이상용에게 세자가 크게 격려했다.

"이 과장이 이번에 큰일을 했네요. 끝까지 마무리 잘하시고 귀환하면 꼭 포상하겠습니다."

"말씀만 들어도 감읍하옵니다."

"아니에요. 이런 일일수록 신상필벌이 분명해야 해요. 그러니 그 부분에 대해서는 더 말을 마세요."

이상용도 더 거절하지 않았다. 그도 그렇지만 함께한 동료들도 생각해야 했기 때문이다.

"모두를 대표해 저하께 감사드립니다."

"예. 그러니 잘 마무리하고 돌아오세요."

"알겠습니다."

이상용이 백련교 지도자들과 돌아갔다.

올 때는 한 척이었으나 돌아갈 때는 네 척의 선단이었다. 광주를 정기적으로 왕복하는 세 척의 상무사 범선이 동행했기 때문이다.

본래 상무사 범선은 교동도 방면을 돌아 나가게 되어 있었다. 그러나 이번만큼은 세자의 지시로 미법도 방면으로 돌아서 항해했다.

세자와 이원수가 나란히 창문에 서 있었다. 그렇게 한동안 서 있던 이원수가 질문했다.

"저하! 궁금한 부분이 하나 있습니다."

개혁군주

"말씀해 보세요."

"백련교와 협상을 할 거면 구태여 청국과 상해 개방을 협의할 필요가 있었겠습니까?"

"이중의 일을 한다고 생각되나 보네요."

이원수가 공손히 대답했다.

"솔직히 그런 생각이 드옵니다. 청국은 곧 우리와 적국이 될 나라입니다. 그런 나라에게 많은 뒷돈까지 지급하면서 동의를 받을 필요가 있겠는지요. 더구나 청국과의 협상이 완료되면 그들의 공행과 거래해야 하는 문제도 있고요."

세자가 싱긋 웃었다.

"맞아요. 대만도 그렇지만 상해 바닷가 방면의 현(懸) 하나를 오롯이 조계지로 얻게 될 줄은 꿈에도 생각 못 했네요. 거기다 우리가 건설하게 되는 항구에 대한 권리를 영속적으로 인정받은 사실도 놀라운 성과고요."

"저도 그 부분이 놀라웠습니다."

"그렇지요. 백련교가 이런 양보를 하게 된 건 상해가 아직 저들의 영토가 아닌 까닭이 커요. 만일 백련교가 장강 이남을 오롯이 장악하게 되면 오늘과 같은 협상을 하지는 않을 거예요."

이원수가 동의했다.

"그럴 가능성이 높습니다."

세자가 앞일을 예상했다.

"백련교의 바람대로 된다면 장강은 청국과 백련교의 국경이 됩니다. 그렇게 되면 상해 지역의 지정학적 중요성은 지금보다 훨씬 더 높아지겠지요. 그런데 그런 장강 하구가 청국도 인정하고 백련교도 인정하는 우리의 조계지라고 한다면 사정이 어떻게 될 거 같아요?"

이원수가 고심하다 대답했다.

"양측 상인들이 모두 몰려들 거 같습니다. 그러면서 상해가 교역의 중심지가 될 것이고요."

세자가 고개를 끄덕였다.

"바로 그거예요. 나는 이번에 얻은 상해 조계지를 서양에 적극 개방할 거예요. 그래서 화란양행을 필두로 서양 각국에 일정 지역을 배정할 거고요. 그렇게 되면 서양 각국도 상해 발전에 나름대로 공을 들이게 될 겁니다."

이원수가 대번에 이해했다.

"그렇게 되면 상해는 지금의 광주보다 훨씬 더 발전하겠습니다."

세자가 이전 시대를 떠올렸다.

"맞아요. 분명 상해는 그렇게 발전하게 될 거예요. 아니, 그렇게 되도록 만들어야겠지요. 나는 그런 상해를 발판으로 대륙 경제권을 장악할 생각이에요."

이원수의 눈이 커졌다.

"그게 가능하겠사옵니까? 대륙에는 상인들이 넘쳐 나는

곳입니다. 그런 대륙을 우리가 장악할 수 있겠습니까?”

“예. 충분히 가능합니다. 농산물로는 절대 그렇게 할 수 없어요. 그러나 우리가 생산하고 있는 공산품으로는 가능합니다. 그러면서 대륙의 이권을 하나하나 접수해 나가면 돼요.”

“아!”

세자의 눈이 빛났다.

“상해가 본격적으로 개발될 즈음에는 대업도 완수되어 있을 거예요. 북미 대륙에 대한 나의 계획도 상당히 진척되었을 거고요. 그런 상황에 상해가 우리 힘으로 개발되어 개방된다면!”

세자가 주먹을 불끈 쥐었다.

“우리 조선은 동양 최고의 강대국으로 우뚝 서게 될 겁니다. 그런 우리를 서양 제국도 분명 인정해 줄 수밖에 없고요.”

이원수도 주먹을 불끈 쥐었다.

“말씀만 들어도 가슴이 뜁니다. 우리 조선이 그런 나라가 된다는 생각만 해도 주먹에 절로 힘이 들어갑니다.”

“하하! 함께해 봐요. 그래서 세상에 우리 조선이 어떤 나라인지 분명히 알려 줍시다.”

“예, 저하.”

두 사람은 네 척의 범선이 섬을 돌아갈 때까지 그 자리에 서 있었다.

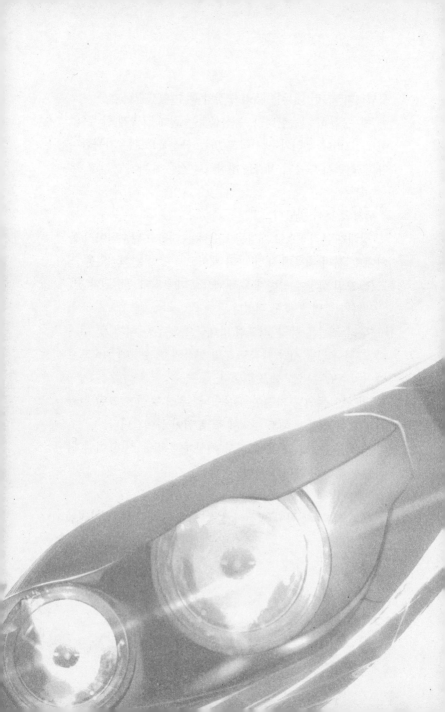

군역 개편을 천담하다

조선은 제식소총 교체를 단행했다.

보급되는 신형 소총은 이번에 개발된 후장 소총이었다. 신형 소총의 모든 부품은 이미 생산이 완료되어 있었다. 단지 총신의 강선만 깎으면 되는 상황이어서 양산과 교체는 동시에 진행되었다.

그런데 중앙군이 전국에 배치되어 있는 점이 문제였다. 분산된 병력을 위해 소총을 일선 군현까지 공급하기에는 분실 사고의 위험이 컸다.

대안으로 팔도의 각 감영과 주요 거점으로 신형 소총을 보내야 했다. 그리고 각지에 파견된 병력이 거점으로 와서 소총을 교환했다.

그로 인해 일선 병력은 짧게는 하루, 길게는 사나흘을 고생해야 했다. 세자는 이런 수고와 그동안의 노고를 보답하는 차원에서 상여금을 지급했다.

정규군은 기병군단을 포함해 7만이 넘었다. 이 병력에 적게는 열 냥에서 오십 냥을 포상했다.

지급한 포상금이 무려 백만 냥이나 되었다. 세자의 이런 통 큰 배려에 군의 사기가 크게 진작되었음은 두말할 나위가 없었다.

교환된 수석 소총은 여의도로 모았다. 그런 소총의 부품을 교체하거나 수리하고는, 기름칠까지 잘 먹여 바로 사용할 수 있도록 정리했다.

세자는 수시로 여의도를 찾아서 소총 교체 작업과, 막바지에 이른 대포와 각종 무기 개발 과정을 직접 챙겼다.

연말이 되어 갈 무렵 이상용이 귀환했다.

백련교는 약속을 지켰다. 백련교는 약속대로 오만 정의 소총과 소모품 대금을 먼저 보내왔다.

세자는 흡족했다.

"백련교가 모든 금액을 보내 올 줄은 몰랐네요."

이상용도 동조했다.

"그렇사옵니다. 신도 많아야 절반 정도를 지급하고 나머지는 추후 지급할 줄 알았습니다. 그런데 위험을 무릅쓰고 저

많은 금액을 약속 장소까지 가져온 것을 보고 감동했습니다."

"강남의 분위기는 어떤가요?"

"저하의 조언이 엄청난 반향을 불러일으키고 있사옵니다. 반청복송을 기치로 내걸자마자 기다렸다는 듯이 강남 유림이 전격 동조했사옵니다."

"역시 구호가 주효했네요."

"예, 맞습니다. 내전이 길어지면서 강남의 분위기도 술렁이던 차였습니다. 그런 차에 백련교가 내건 반청복송의 구호는 마치 불에 기름을 부은 격이 되었사옵니다."

세자도 상황을 짐작했다.

"강남 유림이 보기에도 백련교의 위세가 심상치 않았겠지요. 지난 몇 년 동안 청국의 수많은 공세를 잘 막아 냈으니까요. 그래서 유심히 지켜보던 차에 반청복송의 기치를 내걸고 강남으로 세력을 확장하려는 상황을 파악하고는 바로 동조하고 나섰을 겁니다."

"예. 백련교 지휘부가 놀랄 정도로 강남 유림이 들썩이고 있다고 합니다."

이원수가 적극 동조했다.

"우리로서는 잘된 일이네요. 그런 상황에서 백련교가 우리의 무기로 무장한다면 강남을 장악하는 데 몇 년 걸리지 않을 거예요."

이상용도 바로 동조했다.

"저도 그렇게 생각합니다. 열악한 무기로도 놀라운 전과를 거두고 있는 백련교입니다. 그런 그들이 우리 무기로 무장한다면 그야말로 파죽지세로 세를 확장해 나갈 겁니다."

그런데 세자는 오히려 우려했다.

"너무 급작스러운 확장은 청국에게 최악의 경우를 상정하게 할 수도 있겠는데……."

이러면서 뭔가를 곰곰이 생각했다.

그러던 세자가 공업부장을 불렀다.

"장 부장님. 수석 소총을 모두 회수하면 얼마나 남지요?"

공업부장 장인권이 대답했다.

"백련교에 오만 정을 제공하면 대략 삼만여 정 정도가 남습니다."

"그러면 이만 정을 더 생산해 보관하세요."

"회수된 수석 소총은 경찰에 제공하기로 되어 있습니다. 그런데 보관을 하라시면 경찰은 어떻게 하옵니까?"

세자가 바로 결정했다.

"신형 수석 소총을 제작해 보급합시다. 본래는 잉여물자가 되지 않게 하려고 경찰에 보급하려 했는데, 그럴 필요가 없어졌어요."

장인권이 두 말하지 않았다.

"알겠습니다."

이원수가 궁금했다.

"저하께서는 백련교에서 소총 구입을 더 할 거라고 예상하십니까?"

"아무래도 그렇게 될 거 같네요. 백련교의 세력이 급작스럽게 확산되고 있어요. 청국은 분명 그런 상황을 그대로 두고 보지 않을 거예요. 강남은 곡창지대이면서 대륙 상권의 중심지인 만큼 손 놓고 빼앗기려 하지 않을 거예요."

이원수가 의문을 제기했다.

"청국은 정규 병력이 와해된 상태입니다. 그런 청국이 무슨 병력으로 백련교의 강남 진출을 막을 수 있다는 말씀입니까?"

세자가 의외의 발언을 했다.

"청국에게는 세상에 없는 무기가 아직 남아 있어요. 청국은 최악이란 판단이 서면 분명 그 무기를 사용할 겁니다."

이원수가 고개를 갸웃했다.

"세상에 없는 무기라니요? 그런 무기가 있다는 말은 금시초문이옵니다. 송구하나 그게 대체 어떤 무기이옵니까?"

"바로 사람이에요."

이원수가 어리둥절했다.

"그게 무슨 말씀이옵니까? 사람이 무기라니요?"

"그래요. 청국은 최악의 경우, 무차별 징병을 할 거예요. 그리고 아무 무기나 쥐어 주고서 무작정 강남으로 내려 보낼 겁니다."

이원수가 어이없어 했다.

"제대로 훈련도 받지 않은 병력을 내려 보내다니요. 그건 그냥 죽으러 가라고 하는 거나 다름없습니다."

"그러라고 내려 보내는 거예요. 청국으로선 그 병력이 백련교를 막아 내면 다행이고, 그게 아니고 항복한다 해도 손해날 게 없으니까요."

이상용이 먼저 알아들었다.

"백련교에 부담을 지운단 말씀이군요."

"그렇지요. 민심을 등에 업고 움직이는 백련교입니다. 그런 백련의 입장에서는 칼을 맞대고 싸웠던 청군 포로라고 해도 함부로 취급할 수는 없어요."

이원수가 그제야 동조했다.

"그렇겠습니다. 청군 포로도 대부분 한족이니까요. 반청복송을 기치로 내건 백련교의 입장에서는 포로도 감싸 안아야 할 동족이 맞네요."

"그렇지요."

세자가 지시했다.

"이 과장은 무기를 넘기면서 백련교에게 이런 문제가 발생할 수 있음을 알려 주세요. 그래야 청국의 인해전술(人海戰術)을 최대한 막아 낼 수 있습니다."

"인해전술이란 말은 처음 듣사옵니다."

"인해전술은 무기나 전략전술이 아닌, 인력의 우세로 적을 압도하려는 전술입니다. 과거 고구려를 침략하던 수나라와 당나라가 대규모 병력을 동원한 것도 일종의 인해전술이 지요."

이상용이 크게 고개를 끄덕였다.

"알겠습니다. 저하의 우려를 반드시 백련교 지휘부에 전해 주겠습니다."

"그러세요. 그렇다고 무기를 추가 구매하라는 말을 먼저 하지는 말아요. 우리가 그러지 않더라고 백련교 지휘부는 인해전술이란 말을 들으면 알아서 추가 구매를 요청해 올 겁니다."

"알겠습니다."

오만 정의 소총과 총탄, 그리고 화약은 부피도 무게도 상당했다. 거기다 화약은 폭발의 위험성까지 있어, 화물은 총세 척의 범선에 분산 선적했다.

물자가 많아 선적에 하루가 걸렸다.

❀

다음 날.

이상용이 무기를 싣고 다시 출항했다.

세자는 이 출항을 전송하지 못했다. 의주에서 급히 달려온 파발이 발목을 잡았기 때문이다. 파발은 상해 협상을 위해 연경에 갔던 예조판서 이만수가 띄운 것이다.

세자가 급히 편전으로 건너갔다.

그런 세자에게 국왕이 이만수가 보낸 장계를 건넸다. 장계에는 청국과의 협상이 잘 진행되었다는 내용이 담겨 있었다.

국왕이 흡족한 표정을 지었다.

"예판이 좋은 성과를 거두었구나."

영의정 이병모가 지적했다.

"청국이 이례적인 결정을 했사옵니다. 이전이었다면 상해 개방은 절대 쉽게 결정할 일이 아니옵니다."

"아마도 그랬을 거요."

"이게 다 상무사가 놀라운 성공을 거두고 있어서 가능한 일이옵니다. 아마도 상무사의 활약이 없었다면 청국은 결코 우리에게 문호를 개방하지 않았을 겁니다."

편전의 대신들이 모두 동조했다.

국왕이 손을 들었다.

"자! 축하는 그만하면 되었소이다. 과인이 세자에게 몇 가지 질문을 하려 한다."

"하문하여 주십시오."

"상해는 어떻게 개발하려고 하느냐?"

"상무사가 주도해 선착장을 비롯한 주요 항만 시설을 건설하려고 합니다. 그리고 추가로 얻게 되는 지역에 기반 시설을 조성해 우리의 대륙 거점으로 삼을 생각입니다."

"그리되면 상해 일대에 네가 말한 대로 신라방이 만들어지겠구나."

개혁군주

"그러하옵니다. 그 신라방은 상무사가 대륙을 공략하는 거점이 될 것이옵니다. 그런데 청국과의 교섭이 어떤 식으로 정리되었는지 몰라서 자세한 말씀을 드리기가 어렵사옵니다. 하오니 예판 대감이 어떤 결과를 갖고 왔는지를 살펴보고 나서 다시 말씀드려야 할 것 같습니다."

좌의정 이시수가 나섰다.

"어찌 되었든 대륙에 상무사의 교두보가 마련되었다는 사실은 분명하군요."

"그렇습니다."

"저하. 하오면 우리 조정에서 대대적으로 나서는 게 좋지 않겠사옵니까?"

세자가 고개를 저었다.

"아니에요. 상해는 상단인 상무사가 나서는 게 좋아요. 우리 조정이 나서면 두고두고 간섭의 빌미가 됩니다. 예판 대감이 협상을 했지만 계약의 주체는 엄연한 상무사예요. 그러니 이 일은 민간 차원에서 추진하는 게 좋아요. 그래야 나중에 문제가 되었을 때 조정이 나설 명분이 생깁니다."

"하오면 치안은 어떻게 관리하시려고 하옵니까?"

"수요가 발생하면 현장에서 충원할 거예요. 그때는 경험이 많은 본국의 검경 출신이 넘어가서 관리를 해야겠지요."

"현직이 옷을 벗고 넘어갈 수도 있겠사옵니다."

"물론입니다. 상해는 장차 대륙 상권의 핵심으로 부상하게 될 거예요. 그러면 대륙의 정보 수집 업무도 광주가 아닌 상해에서 해야 할 것이고요."

국왕이 제지했다.

"그 문제는 그만하면 되었다. 자세한 사항은 예판이 내려오고 나서 날을 잡도록 하자. 세자야."

"예, 아바마마."

"그동안 너는 세자로서의 임무와 역할을 너무도 잘 수행해 왔다. 그런 네가 내년에는 열다섯이 된다. 사내 나이 열다섯이면 무슨 일을 맡아도 충분히 감당해 낼 수 있다. 그래서 이번에 과인이 너에게 중임을 맡기려 한다."

세자는 가슴이 철렁했다.

이전에 국왕은 자신의 나이 열다섯이 되면 양위를 하겠다는 말을 했다. 그래서 상왕이 되어 사도세자의 신원에 힘쓰겠다고 했다.

세자가 바로 무릎을 꿇었다.

"아바마마. 소자는 아직 어려 나라의 중임을 맡기 어렵사옵니다. 통촉하여 주십시오."

평상시 세자는 나이에 비해 노련했다. 그래서 아무리 큰일이 발생해도 결코 당황하지 않았다.

그러나 이번은 전혀 달랐다.

국왕의 말이 끝나기도 전에 무릎을 꿇고 머리를 조아렸다. 국왕은 세자가 왜 이런 반응을 보이는지 모르지 않았다.

국왕이 너털웃음을 터트렸다.

"허허허! 너무 그리 놀라지 않아도 된다. 과인은 네가 예상하는 그런 일을 맡기려는 게 아니다. 그러니 걱정 말고 편히 앉도록 해라."

세자는 슬쩍 무안한 느낌이 들었다.

그러나 지금 시점에서 '대리청정'이나 '양위'는 그야말로 평지풍파가 일어날 수 있었다. 그래서 세자는 조심스럽게 확인했다.

"아바마마. 지금은 온 국력을 하나로 모아 일로매진할 때이옵니다."

국왕도 딱 잘라 정리했다.

"오냐. 과인도 평지풍파를 일으킬 생각은 조금도 없다. 지금은 네 말처럼 그 어떤 일보다 개혁이 우선이다."

세자가 안도하며 머리를 조아렸다.

"황공하옵니다. 소자가 불민하여 아바마마의 뜻을 곡해하였사옵니다."

이러면서 조심스럽게 좌정했다.

편전에 들어 있는 대신들은 이런 세자를 보며 하나같이 안도하며 감탄했다. 짧은 대화였지만 무슨 내용이 오갔는지 다들 알아들었기 때문이다.

세자가 몸을 숙였다.

"소자에게 어떤 임무를 맡기려 하시는지요."

국왕이 설명했다.

"내년부터 군역 제도가 개편되면서 사상 최초로 징병이 실시된다. 그런데 문제는 이런 상황을 누구도 경험해 보지 못했다는 점이다. 그래서 과인은 네가 이 일을 맡아 주었으면 한다."

세자가 깜짝 놀랐다.

"아바마마. 송구하오나 소자가 맡기에는 너무 큰 사안이옵니다. 더구나 그 일을 맡게 되면 군대를 총괄해야 하옵니다."

"과인도 그 점을 모르지 않는다. 그래서 여기 있는 중신들과 여러 차례 논의를 했다."

세자의 시선이 중신들에게 향했다. 그런 시선을 받은 중신들은 하나같이 고개를 끄덕였다.

국왕의 설명이 이어졌다.

"지난 십여 년간 우리는 많은 일을 해 왔다. 가장 어려우리라고 예상되었던 노비 해방도 큰 과오 없이 마무리되고 있다. 이어서 내년에는 군역 제도 개편이 시행된다. 아직도 개혁해야 할 부분이 많다. 허나 군역 제도 개편은 지금까지 개혁의 방점을 찍는 일이기 때문에 네가 주도했으면 한다."

"아바마마."

"아울러 중앙군을 비롯한 우리 군의 체계도 이 기회에 네가 새롭게 정립하도록 해 봐라."

국왕은 아예 군을 세자에게 맡기려 한다.

놀랍게도 이런 국왕의 결정에 모든 대신들이 동조했다.

영의정 이병모가 나섰다.

"세자 저하. 주상 전하께서 하신 말씀은 조정도 중론으로 찬성했사옵니다. 하오니 저하께서 우리 조선군의 군제를 새롭게 재편해 주시옵소서."

좌의정 이시수도 거들었다.

"신이 생각해도 저하께서는 충분이 대임을 감당하실 수 있을 것이옵니다."

우의정 서용보도 동조했다.

"그렇사옵니다. 저하께서는 지금까지 보통 사람이 감히 꿈도 꾸지 못한 일을 해 오셨습니다. 이번의 군제 개혁도 저하의 계획을 전하께서 윤허하여 성사되었사옵니다. 이런 저간의 사정을 감안해 보면 저하께서 누구보다 이 일에 적임이옵니다."

삼정승이 다투어 세자를 칭송했다. 여기에 새롭게 병조판서가 된 이경일(李敬一)도 가세했다.

"세자 저하께서는 기술개발청과 상무사를 지휘해 신형 소총도 만드셨사옵니다. 이 소총은 지금까지 보지 못했던 형태로, 성능이 놀랍도록 뛰어나 제식소총으로 채택되었습니다. 이뿐 아니라 신형 대포 개발도 성공을 눈앞에 두고 있고요. 수군 전함은 이미 오래전부터 범선으로 교체되어 왔고요. 이렇듯 저하께서는 꾸준히 군부 개혁을 추진해 오셨사옵니다.

그런 분이 군제 개혁을 이끄신다면 우리 병조는 성심을 다해 받들 것이옵니다."

주무 부서인 병조까지 동조하고 나섰다.

국왕이 받아들이라는 표정을 하며 세자를 바라봤다.

세자가 국왕과 중신들을 둘러봤다. 그들의 열망 어린 시선에 세자가 결국 동조할 수밖에 없었다.

"알겠사옵니다. 소자, 미력하나마 최선을 다해 보겠사옵니다."

국왕이 크게 흡족해했다.

"잘 생각했다. 과인이 너에게 이번 일을 맡기는 건 이유가 있어서다."

"하교하여 주십시오."

"장차 너는 과인의 뒤를 이어 보위에 올라 나라를 다스려야 한다. 그런 네가 지금부터 국가 대사를 하나씩 맡아서 경험하는 게 나중을 위해서 좋다."

"그렇기는 하옵니다. 그러나 군에 관한 문제를 맡기에는 소자의 나이가 너무 어리옵니다."

"생물학적 연령은 어린 것이 맞다. 그러나 정신적인 연령만큼은 절대 어리지 않음을 과인도, 중신들도 잘 안다. 그러니 소신껏 일을 추진해 봐라."

"예, 아바마마."

드디어 세자가 승낙했다.

놀랍게도 조정 중신들 모두 흐뭇한 표정으로 연신 고개를 끄덕였다.

국왕도 흐뭇한 표정을 하며 질문했다.

"세자는 내년에 얼마나 많은 병력이 징집될 거 같으냐?"

세자의 대답이 바로 나왔다.

"내년이 징집 첫해이옵니다. 그 바람에 징병 대상자들이 엄청나게 많아, 모두를 선발하면 100만이 훌쩍 넘을 것으로 예상되옵니다."

"그렇다. 그러나 지금으로선 그 많은 병력을 모두 받아들일 수는 없다. 그래서 과인은 대략 이삼십만 정도를 징병했으면 한다. 이에 대해 너는 어떻게 생각하느냐?"

"조정에서도 그렇게 생각하옵니까?"

영의정 이병모가 대답했다.

"신들도 그 정도가 적당하다고 생각하옵니다."

세자가 고개를 저으며 반대했다.

"저는 생각이 조금 다릅니다."

국왕이 눈을 빛냈다.

"더 많은 병력을 징병해야 한단 말이냐?"

"당장은 준비가 부족해 그 정도만 받아들여야 합니다. 그러나 준비가 되는 대로 기존 병력을 포함해 50만 정도는 편성해야 하옵니다."

조정 대신들이 술렁였다. 국왕도 의외로 많은 숫자에 고개를 갸웃했다.

"생각보다 많은 숫자구나. 그렇게 많은 병력을 편성해야
하는 이유를 설명할 수 있겠느냐?"

"예, 아바마마."

세자가 잠시 숨을 골랐다.

"대업을 완수하려면 적어도 육군 정병 30만은 있어야 합니
다. 여기에 수군 오만과 육전대 삼만 정도는 있어야 하고요.
그리고 이런 정규 병력을 지원하기 위한 예비 병력도 준비되
어야 합니다."

이어서 세자는 자신이 생각하고 있던 병력 운용에 대해 설
명했다. 조선에 온 이후 지금까지 오랜 기간 준비를 해 온 덕
분에 설명은 거침이 없었다.

대신들은 연신 감탄했으며, 국왕은 역시 하는 표정으로 설
명 내내 흡족한 미소를 지우지 않았다.

"⋯⋯그래서 최소한 그 정도의 병력이 필요하옵니다."

병조판서 이경일이 격찬을 했다.

"참으로 대단하옵니다. 병력 운용에 대한 설명이 조금도
막힘이 없으셨사옵니다. 그 말은 오랫동안 연구해 오셨다는
의미겠지요?"

세자가 대답했다.

"예, 맞습니다. 상무사가 본격적으로 대외 교역을 시작할
때부터 연구를 해 왔습니다."

"오!"

"역시 저하십니다. 그렇게 오랜 기간 연구를 해 오셨으니 발표에 막힘이 없으셨군요. 그런데 그런 연구를 그동안 혼자 해 오신 겁니까?"

세자가 쓴 웃음을 지었다.

"비밀을 지키기 위해서는 어쩔 수 없었습니다. 병력 운용은 곧바로 대업과 연결됩니다. 그래서 지금까지는 혼자서 연구를 거듭하며 갈고 다듬을 수밖에 없습니다."

이시수가 조심스럽게 질문했다.

"저하! 혹시, 대업에 관해서도 연구해 놓으셨사옵니까?"

세자가 즉답하지 않았다. 그 대신 다른 설명을 했다.

"참모 양성을 위해 설립된 국방대학에서는 대업에 관한 연구를 이전부터 해 오고 있습니다. 나는 수시로 장차 참모가 될 인재들과 많은 토론을 나누고 있지요. 토론을 하다 보면 대업에 관한 내용이 나올 수밖에 없습니다. 그런 때는 저도 적극적으로 의견을 개진하는 편이지요."

이시수가 대번에 알아들었다.

"국방대학에서 다양한 연구를 하고 있다는 말은 들었습니다. 대업에 관한 연구도 분명 좋은 전략과 전술이 수립되겠군요."

"당연한 말씀입니다. 우리 군의 중추가 될 참모들의 능력이 아주 뛰어납니다. 이는 제가 직접 경험했으니 잘 압니다.

그런 참모들이 몇 년에 걸쳐 정책을 다듬고 있으니, 머잖아 좋은 결실을 맺게 될 겁니다."

국왕도 거들었다.

"어떤 연구를 하더라도 멀리 내다보고 해야 하는 법이다. 그리고 한 사람보다 여러 사람이 머리를 맞대면 더 좋은 결과를 얻게 될 것이다."

세자가 몸을 숙였다.

"다음에 국방대학을 방문하면 아바마마의 말씀을 꼭 전해 드리겠사옵니다."

국왕이 모두를 둘러봤다.

"자! 이제부터 우리 세자가 국방 개혁에 전권을 행사할 것이오. 그러니 조정에서는 이런 세자를 위해 모든 노력을 집중해 주기 바라오."

"성심을 다해 받들겠사옵니다."

생각지도 않은 임무였다.

그럼에도 너무도 만족했다.

겉으로 보기에는 국민개병제도를 실시하기 위한 군역 제도개편을 맡았다. 그러나 실상을 들여다보면 군권을 장악하게 된 것이다.

그것도 국왕이 왕명으로 지시했고, 조정이 중론을 모아 찬성했다. 이런 조치는 세자에게 힘을 실어 주려는 국왕의 의도 덕분이었다.

여기에 조정 중신들도 국왕의 의도에 한껏 힘을 실어 주었다. 그만큼 세자의 위상은 이전과는 비교할 수 없을 정도로 높아졌다.

그러나 세자는 자만하지 않았다.

세자가 전담 부서 신설을 건의했다.

"지금까지 병조의 아문에서 이번 군역 개편을 전담해 왔습니다. 그러나 이제는 모든 국민이 병역의 의무를 수행해야 합니다. 이런 국민개병제도를 원활히 관리하기 위해서는 병적 관리가 무엇보다 중요합니다. 그래서 저는 병적 관리와 징병 업무를 전담하기 위한 부서의 신설을 요청합니다. 새로운 부서의 명칭은 병무청으로 하며, 병조 산하에 두지만 독립된 지위를 부여해 주실 것을 요청합니다."

첫 제안부터 놀라웠다.

조선은 전제국가다. 그래서 조정 편제는 모두 국왕 중심으로 조직되어 있었다. 그래서 육조와 별도로 이십여 개의 직계 아문이 있다.

육조에는 하위 부서로 각기 여러 개의 아문을 거느리고 있다. 이 아문들도 도제조와 제조가 있어서 국왕이 직접 관장하는 형태였다.

그런데 세자가 병조의 독립기관으로 병무청을 설립하겠다고 한다. 이 제안에 편전의 대신들이 잠시 술렁였다.

영의정 이병모가 대포로 나섰다.

"저하. 조정의 직제는 주상 전하께서 만기를 친람하실 수 있도록 되어 있사옵니다. 그래서 모든 아문의 도제조와 제조를 조정 중신이 겸직하는 것이옵니다. 이러한 사실을 저하께서 아시는지요?"

"물론 잘 알고 있습니다."

"그런 사실을 잘 아시는 저하께서 어떻게 이런 제안을 하시는지요?"

세자가 설명했다.

"아바마마께서는 몇 년 전부터 조정에 권한을 대폭 이양해 왔어요. 그로 인해 새로운 직제도 생겨났고요. 다행히 이런 시도가 대성공을 거두면서 웬만한 사안은 조정 중론을 모아 처리하고 있지요. 덕분에 의정부와 육조의 권한이 그 어느 때보다 강화되었고요."

모두가 공감했다.

그런 대신들을 향해 세자의 날카로운 지적이 이어졌다.

"그러나 조정 직제의 변화가 없었어요. 아바마마께서 고유 권한을 대폭 조정에 분배하고 이양하셨는데도 말이에요. 영상대감께서는 이를 어떻게 생각하시지요?"

"……."

"조정도 변해야 하지 않나요?"

이병모가 한숨을 내쉬었다.

"후우! 송구합니다. 조정도 어의를 받들어 변해야 했었는

개혁군주

데, 그동안 너무 안일했사옵니다."

"예, 맞습니다. 아바마마께서 변하셨으니 조정도 거기에 맞춰 당연히 변해야지요. 그러나 지금까지 어떤 분도 그런 주장을 하시지 않았어요."

"……"

세자의 통렬한 지적이었다. 대신들이 고개가 하나같이 아래로 향했다.

"지금의 직제는 천여 년 전부터 계승되어 왔습니다. 그런데 보세요. 지금의 세상은 이전과는 비교할 수 없을 정도로 복잡하게 변화했어요. 인구도 몇 배나 늘어났으며, 개인의 삶도 직업도 다양해졌으며, 국제 관계 또한 마찬가지입니다. 그래서 조정 직제가 지금 시대와 괴리감이 많은 겁니다."

이병모가 조심스럽게 입을 열었다.

"세자 저하께서는 조정 직제를 전면적으로 개편해야 한다고 보시옵니까?"

"그렇습니다. 당연히 현실에 맞게 개편되어야지요. 허나 지금 당장 바꾸기에는 여러모로 문제가 많아요. 그래서 저는 변화의 시기를 대업이 완수된 이후로 잡았으면 해요."

대신들이 모두 동조했다.

"대업이 완수되면 모든 게 바뀌게 됩니다. 그때 내각도 전면적으로 개편되었으면 좋겠습니다. 지금의 육조로 되어 있는 내각 부서도 10여 개 이상 늘어나야 해요. 복잡한 아문도 전부 그 부서 아래로 통폐합해야 합니다. 그래도 부족하면 검찰청과 경찰청, 그리고 이번에 거론된 병무청과 같은 독립 부서도 신설되어야 하고요."

내각 부서가 대폭 늘어난다고 한다.

관직이 많아지는 걸 싫어할 관리는 없다. 그러나 반드시 짚고 넘어야 할 부분이 몇 개 있었다.

이병모가 그 점을 지적했다.

"복잡해지는 세상만큼 내각이 전문화되어야 한다는 말씀에는 공감하옵니다. 허나 부서를 많이 늘리면 그만큼 예산도 뒷받침되어야 합니다. 그에 따라 관리도 대폭 충원해야 하고요."

"부서가 늘어나고 인원이 증가되면 당연히 예산 부담이 있겠지요. 그러나 국가의 미래를 준비하기 위해서는 반드시 전문 부서가 있어야 합니다. 그래야 제대로 된 정책을 입안하고 추진할 수 있게 됩니다. 그리고 가장 문제가 되는 예산은 이제 크게 걱정하지 않아도 되잖나요?"

"그건 그렇습니다."

"그리고 제가 이런 제안을 하는 건 다른 이유도 있어서예요."

"그 이유가 무엇인지요?"

"지금까지 우리 조정은 늘 파당으로 인해 큰 곤욕을 치러 왔어요. 다행히 요즘은 아바마마의 강력한 통치력 덕분에 그런 문제가 거의 해소되기는 했지만요."

모두가 고개를 끄덕였다.

"허나 언제 다시 그 문제가 불거질지 몰라요. 같은 당여도 이해관계에 따라 나뉘게 되어서 늘 조심하고 경계해야 하고요. 이런 당파 분쟁이 시작된 근원을 영상께서는 아시는지요?"

"임진왜란 이전 이조전랑의 자대제(自代制)가 시발이었던 것으로 아옵니다."

"맞아요. 지금은 혁파되었지만 이조전랑 자대제로 인해 동서 붕당이 일어났지요. 그런데 그렇게 된 원인이 무엇인가요? 바로 지인들에게 더 좋은 자리를 추천해 주려고 했던 이유 아닌가요?"

"……넓게 보면 그렇습니다."

"꼭 그 하나가 문제이지는 않았겠지요. 그러나 그렇게 된 가장 큰 원인이 우리 조정에 관직이 너무 적다는 점은 분명해요. 그리고 더 문제는 모두가 임시직이라는 거고요."

이병모의 고개가 갸웃했다.

"임시직이요?"

"그래요 임시직. 급제해서 관리가 된다 해도 평생 공직에 머물지 못해요. 수시로 임용되었다 자리가 없으면 쉬어야 하니까요. 물론 그렇지 않고 평생 공직에 머무는 사람도 있기는 하지요. 그러나 그런 경우는 극히 일부이고, 대부분 임용과 휴직을 반복하게 되지요."

중신들은 어리둥절했다.

좌의정 이시수가 나섰다.

"저하. 조선의 모든 관리는 다 그렇게 근무를 해 오고 있습니다. 그런데 그게 무슨 문제가 있다고 이런 말씀을 하시는지요?"

"좌상께서는 경화사족이라 지칭되는 명문 출신이지요. 그래서 생활이 어려운 경우를 거의 경험해 보지 못했을 겁니다."

이시수가 얼굴을 붉히며 헛기침했다.

"험! 험! 그렇기는 합니다."

"허나, 경화사족 같은 명문 출신이 아닌 경우 관리의 월급은 생활과 직결되지요. 그래서 녹봉을 월급으로 조정해서 지급하는 것이고요. 그런 관리들이 가장 불안한 게 무엇이겠어요? 바로 언제 물러날지 모른다는 불안감 아니겠어요?"

이시수가 격하게 동조했다.

"아! 맞습니다. 지금까지 당연하다고 생각하던 일이 문제가 될 수 있겠습니다."

"맞아요. 실상은 당연했던 사실이 문제였던 거예요. 관리들은 자리를 보전하거나 새로 등용되기 위해 노력하게 됩니다. 그러려면 학연, 지연, 혈연을 찾아야 하고요. 때로는 조정 중신들에게 인사라는 명목으로 과할 정도의 뇌물도 바쳐야 하지요."

중신들의 얼굴이 붉어졌다. 그러면서 누구 한 사람 아니라고 반박하지 못했다.

세자의 말이 이어졌다.

"그래서 자리 쟁탈전이 생기고 고을 수령의 비리가 유난히 많은 거예요."

이시수가 다시 동조했다.

"저하의 지적을 받고 보니 이해가 됩니다. 고을 수령들은 임기를 마치고 바로 다음 자리로 이동하는 경우가 거의 없습니다. 짧게는 몇 개월에서 길게는 몇 년까지 대기해야 합니다."

누군가 이의를 제기했다.

"그래도 외직에 나갔다 경직으로 복귀하는 경우도 많습니다."

세자가 고개를 저었다.

"그렇지 않아요. 잘 살펴보면 그런 경우는 의외로 별로 없어요. 있다면 고위직이거나, 인재 양성을 위해 경험을 축적시키는 경우가 대부분이에요."

이 지적도 통렬했다.

"……."

"물론 고을 수령에서 바로 다음 임지로 가는 경우도 있지요. 그러나 그도 두 번 이상 이어지는 경우는 없어요."

좌의정 이시수가 동조했다.

"맞습니다. 비리 차단을 위해서 세 번 연속 고을 수령을 맡기지는 않습니다."

"그래서 생긴 폐단은 좌상 대감께서도 잘 아실 거예요."

이시수의 안색이 굳어졌다.

그는 잠시 머뭇거리다 설명을 시작했다.

"고을 수령들은 재임이 불안하기 때문에 탐관이 되는 경우가 많습니다. 그렇게 긁어모은 재물을 상납해 다시 수령이 되려 했고요."

세자도 적극 동조했다.

"예. 그게 가장 문제이지요. 그런 고을 수령들 때문에 죽어나는 건 백성들이고요. 지금은 감사원의 수시 업무 감사와, 검찰과 경찰의 활약으로 이전보다 탐관이 현격히 줄기는 했지요. 허나 비리는 물과 같아서, 눈에 보이지 않는 작은 틈을 여지없이 비집고 침투하게 되어 있어요. 그래서 저는 이런 문제점을 근원적으로 해결하고 싶은 겁니다."

"그 해결책으로 조정 부서를 대폭 늘리시겠다는 겁니까?"

세자가 고개를 저었다.

"아닙니다. 내각 개편은 국가 발전을 위해 필요한 작업입니다."

"그러면 달리 생각해 두신 방안이 무엇이온지요?"

"그래요. 저는 관직의 불안정을 해소하기 위해 정년을 도입했으면 합니다."

조정 중신들이 전부 어리둥절했다.

이시수도 마찬가지였다.

"무슨 말씀인지 이해가 잘되지 않사옵니다."

세자의 설명이 이어졌다.

"지금까지 관리들의 정년 개념이 없었어요. 그래서 육십이 넘어 급제해도 관직에 임명되고 팔십이 넘어도 현직을 맡습니다. 반대로 당파 논쟁에 휘말리다 보면 급제하고도 임용이 되지 않는 경우가 허다했고요."

병조판서 이경일이 문제를 제기했다.

"신의 나이 칠십이 넘었습니다. 저하의 지적대로라면 신은 용퇴를 해야 하지 않사옵니까?"

세자의 설명이 이어졌다.

"그렇지 않아요. 제가 말한 정년 대상은 최하인 종9품에서 참판 이전까지에 해당되는 중간 관리를 말합니다. 그 이상의 관직은 정치적인 자리여서, 임명권자인 아바마마께서 나이와 서열에 관계없이 임명하시면 되고요."

이번에는 국왕이 나섰다.

국왕은 오래전부터 세자와 이 문제를 심도 있게 논의해 왔다. 그럼에도 세자의 주장을 온전히 받아들이지 못하고 있었다.

"네 말대로라면 참판 이하는 정치 행위를 해서는 안 된단 말이냐?"

"그러하옵니다."

편전의 대신들이 술렁였다.

조정 관리는 지금까지 어떤 제재도 받지 않고 정치 행위를 해 왔다. 그런데 세자가 그런 행위를 금지하자고 주장한 것이다.

이병모가 이의를 제기했다.

"저하. 정치는 나라를 다스리는 일이옵니다. 그런데 관리가 정치를 하지 말라니요? 조정 관리라 해도 언로(言路)를 막을 수는 없는 일이옵니다. 아니, 언로를 활짝 열어 주어서 잘못된 정책이 있으면 언제라도 바로잡을 수 있도록 해야 하옵니다."

세자가 정확히 핵심을 지적했다.

"예, 맞습니다. 잘못된 국정 수행은 누구라도 나서서 바로잡아야지요. 그리고 그런 행위는 나라에서 적극 권장해야 하고요."

"그런데 어찌 정치를 하지 말라 하시는지요?"

"제가 말씀드린 취지는 개인의 사견을 내지 말라는 거예요. 지금까지 관리들은 자신들의 편향적 사고에 따라 발언을 하는 경우가 많았어요. 특히 일부 골수 당파주의자들은 국정이 흔들릴 정도의 과격 발언도 서슴지 않았어요. 그래서 저는 관리의 신분을 보장하면서 이런 행위를 엄금하려고 합니다."

이러면서 자신이 생각하는 공직자의 윤리 의식에 대해 설명했다. 처음에는 부정적이던 중신들이 이 설명을 들으면서 하나둘 고심에 잠겼다.

우의정 서용보가 의문을 제기했다.

"관리가 정치적 견해를 밝히지 않는다면 국정은 일방적으로 흐르게 됩니다. 이러한 문제를 어떻게 방지하거나 제재하는 수단은 있는지요?"

개혁군주

"지금은 비변사가 조정 중론을 모으는 토론의 장이 되어 있습니다. 그러나 비변사는 모든 중의를 모으는 데 한계가 있습니다. 그래서 저는 새로운 형태의 기구를 만들었으면 합니다."

서용보가 반문했다.

"정치 기구를 만드시겠다는 말이옵니까?"

"그렇습니다. 새 기구는 대의기관입니다. 대의기관에는 왕실 종친과 유림, 각계의 명사와 전직 고관, 그리고 사회를 대표하는 인사들이 참여합니다. 그런 기관에는 국정 현안을 토의하거나 필요한 법령을 입법할 수 있는 권한과 예산을 감사할 권한을 부여하였으면 합니다. 그러면 내각도 견제하면서 정치 기능도 대폭 보강될 것으로 생각됩니다."

"새로운 권력기관이 만들어지겠군요."

"그렇게 될 겁니다."

"허면 그 인원은 어떻게 선발합니까?"

세자가 국왕을 바라봤다.

"아바마마와 조정, 그리고 지역을 대표하는 기관에서 선발하면 됩니다. 그러다 민도가 높아지면 백성들도 참여해 대표를 뽑도록 하면 되고요."

백성까지 나오자 편전이 크게 술렁였다.

좌의정 이시수가 바로 이의를 제기하려 했다.

그러자 국왕이 먼저 나섰다.

"이제 그만하라. 세자의 의견은 이제 막 개진된 사안이니만큼 일희일비할 일이 아니다. 내각 개편이나 대의기관 설립은 국가 대사인 만큼 시간을 두고 충분히 논의해야 한다. 그러니 오늘은 여기서 그만 중지하도록 하라."

"예, 전하."

이날은 이렇게 마무리되었다.

세자의 제안은 충격이었다.

그러나 나쁜 쪽의 충격이 아니었기에 하나같이 안색은 전부 들떠 있었다. 중신들의 머릿속에는 온갖 생각으로 복잡했다.

내각 개편도 이해관계가 복잡했다. 그러나 대의기관이라는 새로운 권력기관에 관심들이 더 많았다.

대신들은 편전을 나오자 서둘렀다. 그렇게 비변사로 향하는 대신들의 발걸음은 평상시와 달리 더없이 가벼웠다.

며칠 후 이만수가 입경했다.

신망을 얻다

　몇 개월 만에 돌아온 이만수의 표정은 더없이 밝았다. 짐과 같았던 협상을 완수했다는 자부심과 안도감도 그대로 드러났다.

　이만수가 귀국 인사를 마치고 협정서를 공손히 바쳤다. 국왕이 한문과 만주어로 작성된 협정서를 찬찬히 살폈다.

　그러던 국왕의 용안이 커졌다.

　"놀랍구나. 선착장과 부두가 강변에서 500보까지다. 이렇게 넓은 부두도 놀라운데, 가칭 신라방 터를 선착장에서 5리까지 허용했다. 더구나 항구의 길이는 우리가 임의로 조정할 수 있다니. 허허! 과인이 예상했던 면적과는 비교할 수 없을 정도로 넓구나. 예판이 협상을 아주 잘했구나."

이만수가 몸을 숙였다.

"황감하옵니다."

조선 척도로 500보는 750m, 5리는 2.8㎞다. 국왕도 놀랐지만, 세자도 내심 상당히 놀랐다.

국왕이 확인했다.

"대체 어떻게 협상을 했기에 이렇게 넓은 면적을 얻어 낼수 있었던 게냐?"

이만수가 사정을 설명했다.

"장강 하구는 대부분 농사를 짓지 못하는 황무지라고 하옵니다. 갈수기에는 해수가 역류하고, 비가 많이 오면 상당 부분 물에 잠기기도 하고요. 그래서 지금까지 거의 버려두고있는 땅이어서 쉽게 넓은 면적을 넘겨준 것으로 아옵니다."

국왕이 우려했다.

"그러면 문제가 아니냐? 예판의 말대로라면 상당 부분이 습지인데 부두 항만 공사를 하는데 어려움이 많이 따르겠구나."

세자가 나섰다.

"현지 실상은 그렇게 나쁘지 않사옵니다. 상무사는 그동안 몇 차례 장강 하구를 탐색했습니다. 광주에서 상해 일대의 지리를 잘 아는 사람도 수배해서 확인했고요. 그렇게 해서 얻은 결론은 점진적으로 개발하면 큰 문제가 없다는 것입니다."

국왕이 재차 확인했다.

"예판은 습지가 많다고 한다. 습지는 어디나 공사를 하는 데 문제가 되는 토질 아니냐?"

"그렇기는 하옵니다. 그러나 황포강과 접한 지역은 별문 제가 없다고 합니다. 인가도 꽤 있고요."

"오! 그래?"

"물론 하구로 내려갈수록 지대가 낮아지는 건 맞습니다. 대부분이 황무지이고요. 그러나 황포강과 접한 지역부터 차근차근 개발해 나간다면 큰 문제는 없을 것으로 예상되옵니다."

국왕이 설명을 이해했다.

"수요에 맞춰 항구를 개발하면 된다는 거로구나."

"그렇사옵니다. 그보다 저는 청국이 예상보다 넓은 면적을 인정해 준 것이 놀랍습니다."

"그러게 말이다."

이만수가 나섰다.

"청국 조정에서는 장강 하구를 쓸모없는 땅으로 치부하고 있었사옵니다. 황포강과 접한 지역을 제외하면 거의가 황무지와 습지로 알고 있고요. 그런 지역을 개발하겠다고 하니 적극적으로 동조해 준 것이옵니다."

국왕도 동조했다.

"그들의 입장에서는 우리 힘을 빌려 개발할 기회라고 생각할 수도 있었겠구나."

"그러하옵니다. 항구가 개발되면 자연스럽게 세수도 증대

되옵니다. 인부도 많이 필요할 것이고요. 아마도 청국은 그런 여러 사정을 고려해 개방을 허용한 것 같사옵니다."

세자가 치하했다.

"어쨌든 나라를 위해 큰일을 하셨어요."

"황감하옵니다. 그리고 세자 저하께 드릴 말씀이 있사옵니다."

"무슨 일이 있나요?"

"예. 신이 귀국할 때 청국 의정대신이 추천하는 상인과 함께 왔사옵니다."

세자가 놀랐다.

"청국 상인과 함께 움직였단 말인가요?"

"그러하옵니다. 연경에서 협상을 할 때, 의정대신을 대리한 청국 관리가 역제안을 했습니다."

"무슨 제안이었지요?"

"항구가 조성될 때까지 기다릴 필요가 없다고 했습니다. 그러니 여건만 되면 상해 개발을 시작하면서 바로 거래를 시작하자고 제안했사옵니다."

"대감께서 승낙을 하셨나 보군요."

이만수가 고개를 끄덕였다.

"그렇습니다. 거래를 바로 시작한다면 상무사도 나쁠 게 없다는 생각에서 승낙을 했습니다. 신이 거래를 승낙하니 귀국하기 전 청국 상인을 소개해 주었습니다. 그 상인이 저하를 뵙고 싶다고 요청해서, 의정대신의 허가를 받아 함께 왔사옵니다."

세자가 큰 관심을 보였다.

"호오! 어떤 사람인지 궁금하네요. 상해 개발이 시작되면 거기서 거래하면 되는데, 구태여 여기까지 나를 만나러 올 생각을 하다니요."

"돌아오면서 대화를 나눠 보니 아주 열정적이었습니다. 어떻게, 그자를 만나 보시겠사옵니까?"

"아바마마께서 윤허하시면 만나고 싶네요."

국왕이 그 자리에서 허락했다.

"만나 봐라. 아무리 상인이라고 해도 여기까지 너를 만나려고 온 정성이 갸륵하구나."

"그렇게 하겠사옵니다."

⚜

다음 날.

세자는 청국 상인을 여의도 상관으로 불렀다. 대궐보다 여의도에서의 접견이 무난하다는 측근들의 권유가 있어서였다.

조선은 관리들을 위해 전국의 주요 지점마다 역원(驛院)을 운영하고 있었다. 역은 말을 갈아타는 공간이며, 원은 숙박 시설이다.

홍제원(弘濟院)은 이런 원 중 하나로 무악재 너머에 있었다. 특히 의주대로에서 도성과 가장 가까워서 사신들도 자주 머물렀다.

청국 상인은 홍제원에 머물러 있었다. 그래서 도성을 거치지 않고 바로 여의도로 내려왔다.

청국 상인이 두 손을 모았다.

"처음 뵙겠사옵니다. 소인은 산서(山西)에서 가업으로 상단과 전장(錢莊)을 운영하는 장위진이라 하옵니다."

세자도 손을 맞잡았다.

"어서 오시오. 산서 상인이라면 진상(晉商)인가요?"

장위진이 크게 웃었다.

"하하하! 조선의 세자님께서 상리에도 밝다는 소문이 연경에 자자합니다. 역시 소문대로 소인이 진상인 것을 바로 알아보시는군요. 그러하옵니다. 소인의 가문은 진상이옵니다."

자신을 소개한 장위진이 옷을 터는 시늉을 하고 앞섶을 정갈히 했다. 그리고 그 자리에 무릎을 꿇고서 두 손을 모아 다시 인사했다.

"미천한 소인에게 시간을 내주셔서 삼생의 영광이옵니다."

세자는 놀랐다.

상인의 신분이지만 청국 최고 관리 의정대신이 보내서 온 일종의 특사다. 그래서 무릎을 꿇고 인사를 할 거라고는 생각지 못했다.

개혁군주

"그만 일어나 의자에 앉으시오."

"황감하옵니다."

청국 상인이 일어나 앉았다.

"소인이 찾아와서 많이 놀라셨지요?"

"솔직히 그래요."

"소인의 집안은 상단보다 전장(錢莊)을 주력으로 하고 있사옵니다. 그러다 보니 청국조정의 여러 대신과 오래전부터 인연을 맺어 왔었습니다."

세자의 의문을 표시했다.

"전장을 주업으로 하는 가문이 어떻게 상무사의 물건을 통용할 수 있지요?"

"그 부분은 조금도 걱정하지 않으셔도 됩니다. 강남 상권을 휘상이 장악하고 있는 것처럼, 북경과 직례의 상권은 우리 진상이 장악하고 있습니다. 그런 진상의 조직을 활용한다면 아무리 많은 물량도 능히 소화해 낼 수 있사옵니다."

"상해는 강남입니다."

"상해는 대운하와의 거리가 멀지 않습니다. 그런 대운하를 이용하면 강북 어디든 교류가 어렵지 않습니다."

"그렇군요. 이번에 우리와 거래하다 교체된 북경의 상인과도 교류가 있겠군요."

"그렇습니다. 세자님께서는 대륙 왕조와 유력 상인 간의 유대 관계를 아시는지요?"

"새로운 대륙 왕조가 들어설 때마다 상인들이 지원을 해 주었다는 말은 들었소이다."

장위진이 격하게 반겼다.

"맞습니다. 그런 전례는 만주에서 발원한 청국도 마찬가지였지요. 건국 초기에 본가와 십여 개의 상가가 적극 도왔습니다. 그 대가로 가문마다 상당한 이권을 확보했고요. 본가가 전장에 주력하게 된 것도 그때부터입니다."

"오랫동안 명성을 유지해 온 집안이군요."

장위진이 두 손을 모았다.

"모두가 선조의 혜안 덕분이지요."

세자가 동조했다.

"좋은 선조를 둔 것도 큰 복이지요."

장위진이 안색을 굳혔다. 그러고는 주변을 살피면서 조심스럽게 의견을 냈다.

"세자님. 긴히 드릴 말씀이 있는데, 주변을 물려 주시면 아니 되겠습니까?"

이원수가 바로 나섰다.

"저하께서는 장차 보위에 오를 분이오. 어떠한 일이 있더라도 경호를 풀 수는 없소이다."

세자도 동조했다.

"무슨 말을 할지 모르지만, 독대는 곤란해요. 그리고 여기 이 사람들은 모두 나의 분신이니만큼 어떤 말을 해도 새어 나갈 일이 없어요. 그러니 하고 싶은 말이 있으면 바로 하세요."

장위진이 잠깐 주저했다.

"세자님께서 이리 말씀을 하시니 따라야지요. 저는 의정 대신의 지시를 받고 온 것은 맞습니다. 그러나 그 이전에 제가 믿는 신념은 따로 있습니다."

세자의 촉이 순간 빛났다.

'신념이라면 종교와 관련이 있단 말인데. 혹시 백련교를 믿고 있는 건 아니겠지?'

"신념이라면 종교를 믿는다는 거요?"

"그러하옵니다. 소인과 소인의 가문은 오래전부터 백련에 의지해 왔습니다."

이미 짐작한 바가 있었기에 세자는 놀라지 않았다.

그러나 옆에 있던 이원수가 펄쩍 뛰었다.

"무엇이! 그게 정말이오?"

"그렇사옵니다."

이원수가 대번에 의심부터 했다.

"백련교라면 반역의 무리요. 그런 역도가 의정대신의 지시를 받고 왔다니, 그게 말이 되는 소리요?"

세자가 제지했다.

"좌익위. 우선 이 사람의 말부터 들어 봅시다. 계속 말해 보세요."

장위진이 사과하며 설명했다.

"갑작스러운 소인의 말에 당황하셨을 겁니다. 허나 소인이 하는 말은 추호의 거짓도 없음을 알아주셨으면 합니다. 본가와 백련의 인연은 명대 초까지 거슬러 올라갑니다."

이러면서 그가 자신의 가문과 백련교와의 인연을 설명했다.

그런 설명은 한동안 이어졌다. 워낙 설명이 상세했기에 처음에는 의심하던 이원수의 표정도 시간이 지나며 상당히 풀렸다.

"……그래서 의정대신을 매수해 본가가 상해 교역을 독점하게 되었습니다."

"의정대신이 그대를 지목한 게 아니라 그대가 매수를 했다는 말이군요."

"그렇사옵니다."

"백련교는 명과 청이 사교로 지정해 탄압해 왔어요. 그럼에도 들키지 않고 살아온 게 대단한 일이네요. 그런데 그와 같은 사정을 무엇 때문에 나에게 말해 주는 건가요?"

"이제는 더이상 숨어 있을 필요가 없어졌기 때문입니다."

"왜 그런 생각을 하게 된 거지요?"

장위진이 설명했다.

"소인의 집안이 북경에 있지만, 교에서 나름의 지위가 있습니다. 그래서 본교 지휘부가 조선에 다녀간 사실도 이미 알고 있습니다."

"아! 그래요?"

"그 만남에서 세자님께서 본교에 큰 조언을 해 주셨다고 들었습니다. 반청복송을 하라고요. 소인은 그 조언을 전해 듣는 순간 알게 되었습니다. 400여 년 넘게 숨어 지낸 어두운 시절에 종지부를 찍을 때가 되었다는 사실을요. 그래서 의정대신을 매수하게 된 것입니다."

세자가 놀랐다.

"대단하네요. 나는 백련교의 건국에 필요한 조언을 해 주었을 뿐이에요. 그런데 그 말을 전해 듣고 고난이 끝날 거란 확신을 했다니요."

"그만큼 세자님의 조언이 우리 백련에게는 금과옥조였다는 의미지요."

그가 품속에서 무언가를 꺼냈다.

"이 증표는 우리 백련이 세자님께 받은 것으로 아옵니다."

세자가 증표를 받아 이리저리 살폈다.

"맞네요. 이 증표는 백련교 지도부와 만났을 때 만일에 대비해 내가 만들어 준 게 맞아요."

세자가 장위진을 바라봤다.

"이 증표를 가져온 것을 보니 백련의 사람이란 사실이 분명해졌네요. 혹시 백련교 지휘부가 나에게 달리 전할 말은 없나요?"

장위진이 고개를 저었다.

"없습니다. 지금은 귀국이 제공한 무기로 병력을 재편하느라 정신이 없습니다."

"내년 초부터 강남 공략에 총력을 가한다고 했는데, 그걸 준비하고 있나 보군요."

"맞습니다. 그래서 지금까지와 달리 30만 병력을 대거 동원해서, 일거에 강남을 접수할 계획을 추진하고 있사옵니다."

이원수가 놀랐다.

"30만이라니. 백련교의 병력이 그만큼이나 많소?"

장위진이 크게 웃었다.

"하하하! 우리는 모든 교인이 병력입니다. 그래서 실제는 수백만도 더 됩니다. 이번에 집결하는 병력은 그중 정예만을 추린 겁니다."

이원수가 질린 표정을 지었다.

"놀랍군요. 모든 교인이 병력이라니요. 말만 들어도 등골이 오싹합니다."

세자가 나섰다.

"그래서 지금까지 버텨 온 거지요. 그렇지 않았다면 벌써 제압되었을 겁니다."

장위진이 거들었다.

"맞습니다. 모두가 죽기를 각오하지 않았다면 우리의 봉기는 벌써 제압되었을 겁니다."

이 말에 모두가 고개를 끄덕였다.

장위진이 당면 현안을 지적했다.

"우리 가문의 전장은 북경과 직례, 그리고 산서에만 분점을 냈었습니다. 그런데 이번 일을 기점으로 본점을 항주로 옮기려고 합니다. 아울러 상해에도 분점을 내고서 제가 상주할 것이고요."

"본점을 옮기면 청국 조정과 문제는 없겠어요?"

"그래서 시간을 두고 옮기려고 합니다. 미래를 위해서는 어렵더라도 본점을 강남으로 이전할 수밖에 없습니다."

"그건 그러네요. 그런데 상해에서 그대를 도와줄 사람은 있나요?"

"물론입니다. 협상을 마치고 돌아간 지도부에서 저를 도와줄 사람들을 준비하고 있습니다. 제가 돌아가면 곧바로 교역을 시작할 수 있게요."

세자가 고개를 저었다.

그 모습을 본 장위진이 조심스럽게 질문했다.

"거래를 하는 데 무슨 문제라도 있습니까?"

"부탁할 일이 있어요."

"말씀하십시오. 소인이 할 수 있는 일이라면 최선을 다하겠습니다."

"고맙네요. 장 대인은 광주에서 우리와 거래하고 있는 상단이 이화행이란 사실을 아나요?"

장위진이 고개를 저었다.

"모릅니다."

"역시 그렇군요. 우리 상무사가 첫 거래 때 이화행의 주인이 나를 찾아왔었지요. 그리고 공정 거래는 물론 충성을 맹세하고 돌아갔고요. 그 후 이화행의 오병감은 철저하게 그 맹세를 지켜 오고 있지요. 나도 그의 맹세를 믿고 지금까지 신뢰를 이어 오고 있고요"

"그 말씀을 하신 연유가 무엇인지요?"

"나는 그대가 이화행과 긴밀히 교류했으면 하는데, 가능하겠어요?"

장위진이 난색을 표시했다.

"소인이 상해 거래를 독점하려는 까닭은 백련의 건국을 돕기 위해서입니다. 그런데 이화행과 긴밀히 교류하다 보면 그런 내막이 탄로 날 위험성이 높사옵니다."

"그럴 수도 있겠지요. 그러나 오 행수는 설령 그대의 비밀을 안다 해도 절대 누설할 사람이 아니에요. 그리고 생각을 달리해 보세요. 백련이 건국할 지역이 어디지요?"

"강남입니다."

"맞아요, 강남. 이화행이 있는 지역이 강남 상권의 중심인 광주예요. 백련으로선 이런 광주를 최대한 빨리 장악해야 하지 않나요?"

장위진의 눈이 번쩍했다.

"이화행과 교류하면서 그를 백련으로 끌어들이라는 말씀이군요."

"그렇게 되면 더없이 좋겠지요. 그러나 그게 아니라도 이화행의 오 행수를 아군으로 만들 수만 있다면 여러모로 일이 쉬울 거예요."

"그런데 그 사람이 쉽게 우리에게 마음의 문을 열겠습니까?"

"그렇게 되도록 그대가 만들어야겠지요. 이화행의 본거지는 광주예요. 백련이 계획대로 강남을 장악하게 되면 이화행의 입지도 큰 타격을 입을 수가 있어요. 그러면 우리와의 거래에도 큰 차질을 빚을 수가 있고요."

장위진의 고개가 갸웃했다.

"상무사는 앞으로 상해를 대대적으로 개발한다고 들었습니다. 그렇다면 광주에서의 교역을 그냥 두어도 절로 줄어들게 되지 않겠습니까?"

"그렇기는 하겠지요. 그러나 상해가 아무리 발전한다고 해도 광주에서의 교역은 따로 있어요. 특히 인삼 교역만큼은 상해가 아무리 발전한다고 해도 쉽게 넘볼 수 없을 거예요."

장위진이 크게 고개를 끄덕였다.

"그건 그렇습니다. 광주에 문제가 생기면 조선의 주요 수출품인 홍삼과 인삼 교역도 문제가 될 수 있겠군요."

"그래요. 그리고 나는 백련이 건국되기를 누구보다 바라는 사람이에요. 그런 입장에서 보더라도 이화행의 앞길을 꼭 열어 주고 싶어요."

장위진이 굳은 표정을 지었다.

"세자님께서는 우리 백련이 건국한다고 확신하시는군요."

세자가 분명하게 밝혔다.

"물론이에요. 우리가 도와주고 있는데 건국을 못 한다면 그게 더 이상한 일이지요. 그리고 그대들이 그동안 탄압받아 온 과거를 생각해도 이번에 결실을 꼭 봐야지요. 그리고 백련의 건국이 본국의 국익에도 부합되기도 하고요."

장위진이 곡해했다.

"조선은 대륙이 둘로 나뉘는 게 좋다는 말씀이군요."

세자가 고개를 저었다.

"아니요. 우리로선 더 나뉘는 게 좋아요. 대륙 왕조가 강성하면 우리 조선은 늘 피곤한 일이 발생했지요. 그래서 기왕이면 몇 개로 나뉘어 서로 공존했으면 하는 바람이에요."

의외로 장위진도 동조했다.

"옳은 말씀입니다. 강한 왕조가 대륙에 들어서면 늘 주변을 피로 물들이곤 했습니다. 그래서 저도 대륙에 몇 개의 왕조가 들어서서 공생하는 게 좋다고 생각합니다. 그래도 될 정도로 대륙은 넓고 사람도 많고요."

"호! 좋은 생각을 갖고 있네요."

"저뿐이 아니라 백련의 지도부도 같은 생각을 하는 사람이 많습니다. 그래서 그 일환으로 묘족의 독립도 지원해 주고 있고요."

세자가 반색을 했다.

"듣던 중 반가운 소리군요. 묘족이 독립해 그대들을 도와준다면 강남에서의 백련의 위상은 더 확고해질 겁니다."

"그런데 걱정도 없지 않습니다. 그들이 만일 청국과 손을 잡으면 우리 백련에게 큰 우환이 될 수가 있어서요."

세자가 단호하게 말했다.

"그런 일은 절대 없을 거예요. 묘족은 본래 귀주 일대가 본거지였어요. 그러던 그들이 명과 청의 연이은 압박으로 운남까지 밀려났지요. 그런 와중에 수많은 동족이 학살당해 왔고요. 그런 묘족이 청나라와 손을 잡는 일은 없을 거예요. 그리고 백련이 그들의 독립에 도움을 준다면 그런 위험은 더 없어질 것이고요."

고개를 끄덕이던 장위진이 결정했다.

"알겠습니다. 세자님의 제안대로, 돌아가는 대로 이화행과 자리를 만들어 보겠습니다. 그래서 저들이 호응해 준다면 지속적인 교류를 적극 추진해 보겠습니다."

세자가 흡족해했다.

"잘 생각했어요. 우리도 이번에 광주에 가서 상해의 일을 알려 줄 거예요. 그러면서 그대들과 교류를 할 수 있는 바탕을 만들어 놓을게요."

"기다리겠습니다."

이후부터는 실무협의로 들어갔다.

장위진의 상해 진출은 개인의 부귀영달도 목적이지만 백

련교의 재원 마련이 더 컸다. 그래서 일반 거래 품목도 주문을 많이 했지만, 백련교에 필요한 물품도 대거 주문했다.

세자는 직원과 장위진이 실무협상에 들어간 것을 보고는 대궐로 돌아왔다. 그러고는 군역 개편 작업에 필요한 각종 서류 더미에 파묻혔다.

장위진이 돌아간 건 그로부터 사흘 후였다.

올 때와 다르게 그는 배로 귀환했다. 그것도 광주를 정기 왕복하는 상무사 범선을 타고서였다.

세자는 그를 직접 배웅하지 못했다.

이미 면담을 통해 서로에게 필요한 대화는 충분히 주고받은 상태였다. 그리고 군역 개편에 관한 주요 업무가 많아 시간을 내기도 어려웠다.

❀

해가 바뀌었다.

정초부터 조정은 긴장감이 감돌았다. 징병과 서원 철폐가 동시에 진행되는 해였기 때문이다.

이번 일은 계속되는 개혁에 큰 방점을 찍는 막중대사였다. 그리고 조선의 모든 사람이 관련된 사안이기도 했다.

특히 양반들의 기득권을 없애는 일이어서 긴장감은 어느 때보다 컸다. 그러나 오래전부터 준비를 해 온 터라 업무는 일사불란하게 진행되었다.

그럼에도 긴장감이 훨씬 더 심했다. 세자가 전면에 나선 때문이었다.

지금까지 개혁을 세자가 입안하고 주도해 온 사실을 모르는 사람은 없다. 그런 세자로 인해 조선은 상전벽해처럼 변하고 있었다.

이전에는 꿈조차 꿀 수 없는 대업도 추진할 수 있게 되었다. 이런 까닭으로 조정은 정파를 떠나 세자를 존경하고 아꼈다.

그런 세자가 진두지휘하는 과업을 실패하게 만들 수는 없었다. 그래서 더 긴장했으며, 덕분에 개혁은 별다른 잡음 없이 일사불란하게 추진되었다.

그리고 2월.

최초로 징병이 실시되었다.

징병과 병적 관리를 위해 병무청이 신설되었다. 신설된 병무청은 전국에 지청을 두었다.

이 지청에서 징병검사와 징병에 필요한 병적 업무를 전담했다. 초기임에도 병무청 직원들은 능숙하게 맡은 임무를 처리해 냈다.

세자는 병무 관리를 위해 이전부터 병무청 설립을 생각하고 있었다. 그래서 필요한 인원을 미리 교육해 왔으며, 이들은 훈련도감 출신들이었다.

훈련도감 병력은 잡무를 보는 표하군까지 칠천여 명이었

다. 정규군 육성을 위해 장용영 병력과 함께 이 병력이 간부 교육을 받았다.

그런데 이들 중 나이가 많거나 기타 사유로 준무관이 되지 못한 병력이 이천여 명이나 되었다.

세자는 이들을 그대로 정리하지 않았다.

이들은 수십여 년을 군문에 종사했기에 누구보다 조직 생활에 특화되어 있었다. 그래서 많은 인원이 검찰과 경찰로 투신했다.

그리고 지원자를 받아 다시 인원을 선발해 병무청 직원으로 양성했다. 양성된 인력은 병적 관리와 징병 업무를 너무도 능숙히 처리해 냈다.

각 지역에 파견 나가 있던 정규군도 결정적 도움을 주었다. 최초였음에도 이런 준비와 협조가 유기적으로 이뤄졌다. 덕분에 징병검사를 비롯한 징병 업무는 순조롭게 진행되었다.

세자는 전국의 상황을 매일 보고받고 있었다. 이전과 달리 모든 역참에 군마가 보급되어 있었다.

도로 사정도 이전과는 비교할 수 없을 정도로 좋아졌다. 이런 변화 덕분에 전국 상황은 하루를 넘기지 않고 한양으로 집결될 수 있었다.

4월 중순.

이날도 세자가 보고서를 살폈다.

개혁군주

"다행히 지금까지 순조롭게 진행이 되고 있네요."

병무청장 오승원이 설명했다. 오승원은 문과에 급제했었으나 상당 기간 무관으로 복무하면서 장용외영의 천총(千總)을 역임했다.

그래서 문관임에도 군에 대한 경험이 많았다. 이런 경력을 알고 있던 세자가 국왕께 추천해 초대 병무청장이 되었다.

"저하께서 양성하신 직원들의 업무능력이 탁월합니다. 그들이 아니었으면 크게 혼란했을 겁니다. 그로 인한 원성을 전부 조정이 감수했어야 하고요."

"그랬겠지요. 아무리 좋은 취지의 개혁이었다고 해도 중요한 건 현실이지요. 백성들이 불편해하면 그 자체로 문제가 될 수밖에 없지요."

"옳은 말씀이옵니다. 그래서 요즘 조정 안팎에서 저하에 대한 칭송이 자자합니다. 저하께서 너무도 준비를 잘해 놓으셨다고요."

세자가 겸연쩍어했다.

"하하! 좋은 말을 듣자고 한 게 아닌데, 공연히 얼굴이 붉어지네요."

"아닙니다. 이번 일만큼은 자부심을 가지셔도 되옵니다. 그리고 저하에 대한 신망이 쌓이는 것이 주상 진하와 왕실에도 큰 도움이 되고요."

이원수도 거들었다.

"청장님 말씀이 맞습니다. 저하께서 신망을 얻으시면 장차 진행될 큰일에 그만큼 도움이 되옵니다."

세자가 얼른 화제를 바꿨다.

"양반들의 참여도가 의외로 나쁘지 않네요."

"주상 전하께서 연초에 반포하신 윤음이 큰 작용을 하고 있는 것으로 파악되옵니다."

"앞으로 군역을 필하지 않으면 관직에 임용되지 못한다는 윤음 말씀이지요?"

"그러하옵니다. 지금까지 조선의 사대부들은 군역 면제를 당연하게 생각해 왔습니다. 그래서 온갖 편법으로 서원의 원생이 되었고요. 그렇게 한번 원생이 되면 죽을 때까지 원생이었고요. 그런데 서원도 철폐되고 관리가 되려면 군역을 필해야 하니 싫어도 징병검사를 받아야 할 수밖에요."

이원수가 지적했다.

"그래도 전체 대상자에 비해서는 참여율이 아직은 저조합니다."

세자도 인정했다.

"어쩔 수 없는 현상이에요. 양반들이 스스럼없이 징병검사를 받기 위해서는 시간이 필요해요."

"맞는 말씀입니다."

세자가 탁자 위의 다른 서류를 들었다.

"무관학교에 양반들의 지원이 급증한 까닭도 이번에 실시된 군역 제도 때문일 거예요."

오승원도 동조했다.

"신도 그렇게 생각하옵니다. 그리고 그런 현상은 앞으로 더 많아질 것이옵니다."

이원수도 가세했다.

"옳은 지적이십니다. 지금까지는 무관에 대한 예우가 문관에 비해 좋지 않았던 게 사실입니다. 하지만 앞으로는 그런 차별이 현격히 줄어들 거여서 인재들이 군으로 대거 몰릴 가능성이 높습니다."

세자도 인정했다.

"맞아요. 앞으로 추진될 대업과 국제 관계를 봤을 때, 무관에 대한 대우는 갈수록 좋아지게 되어 있어요. 더구나 병역은 반드시 치러야 하는 일이 된 만큼, 무관을 선택할 자원이 의외로 늘어날 수 있지요."

이런 대화를 주고받고 있을 때, 김 내관이 들어와 몸을 숙였다.

"저하! 여의도에서 급보가 올라왔사옵니다."

"무슨 급보지?"

"저하! 오도원 부대표와 화란양행 관계자들이 미법도로 귀환했다고 하옵니다. 그래서 전령을 보내 어디로 움직여야 할지를 물어왔사옵니다."

세자가 놀라 자리에서 벌떡 일어났다.

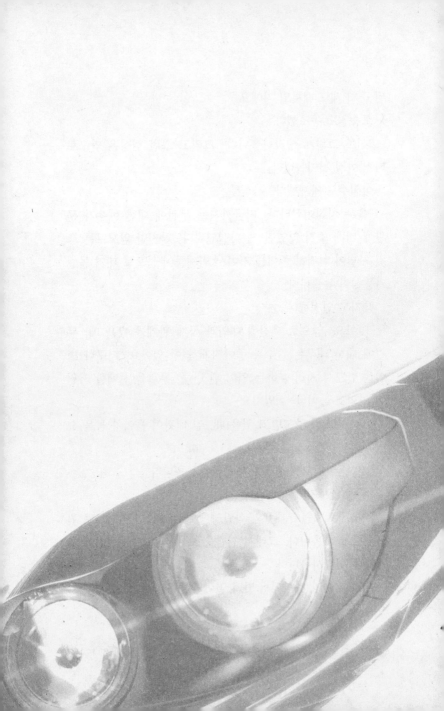

거래의 정석

세자가 주먹을 불끈 쥐었다.

"전부 여의도로 불러들여! 나도 여의도로 갈 터이니, 김 내관은 지금 즉시 채비를 갖추도록 해."

"예, 저하."

세자가 자리에 앉지 못하고 서성댔다.

그 모습을 본 오승원이 걱정스러운 표정을 지었다.

"저하! 좋지 않은 일이라도 생긴 것이옵니까? 김 내관의 전언을 들으시고는 어찌 이리 조급해하시옵니까?"

세자가 급히 손을 들었다.

"그런 게 아니에요. 기다리던 사람들이 1년여 만에 귀환했는데, 그들이 무슨 소식을 가져왔는지 궁금해서 이러는 거예요. 그러니 오 청장께서는 걱정하지 않아도 돼요."

오승원이 재차 질문했다.

"그러시군요. 그런데 상무사의 오도원 부대표와 화란양행 관계자들이 어디 먼 곳이라도 다녀온 것이옵니까?"

세자가 난색을 보였다.

"지금은 자세한 사정을 알려 드릴 수 없네요. 하지만 국익을 위한 일을 추진하고 있다는 점만은 알아주세요."

오승원도 더 묻지 않았다. 그 대신 눈치껏 자리에서 일어나며 인사했다.

"하오면 신은 이만 물러가겠사옵니다."

세자가 사과했다.

"미안하지만 그렇게 하는 게 좋겠네요. 오늘의 일은 나중에 기회를 봐서 저간의 사정을 알려 드릴게요."

"하하하! 말씀만 들어도 황감하옵니다."

인사를 마친 오승원이 물러났다.

그가 나가고 나서도 세자는 마음을 진정시키지 못했다.

이원수가 나섰다.

"저하! 진정하시고 자리에 앉으시지요. 저하께서 이러시면 주변 사람들이 불안해하옵니다."

세자가 서성거리던 발걸음을 멈췄다. 그러고는 고개를 저으며 자책했다.

"이런! 내가 주변을 신경 쓰지 않고 행동했네요. 좌익위께 못 볼 꼴을 보였네요. 미안합니다."

이원수가 펄쩍 뛰었다.

"아닙니다. 저하께서 이번 일에 대한 기대감이 얼마나 크신지 너무도 잘 아옵니다. 허니 신에게만큼은 그런 말씀을 하지 않으셔도 되옵니다."

"고마운 말씀이네요."

잠시 후.

김 내관이 거둥 준비가 되었다고 보고했다. 세자가 이원수와 전각을 나서자, 대기하고 있던 익위사 무관들이 에워쌌다.

이원수가 사방을 살피고서 명령했다.

"가자!"

조선은 대궐에서도 가마를 타고 이동한다. 대궐이 넓어 걸어서 이동하기가 쉽지 않았기 때문이다.

그러나 세자는 가마를 타지 않았다.

세자의 일상은 거의 앉아서 생활하는 시간이 대부분이었다. 그래서 체력 관리를 위해서라도 궐에서만큼은 걸어 다니려 노력했다.

돈화문을 나서니 말이 대기해 있었다. 세자는 금년부터 대궐 밖에서도 가마를 타지 않았다.

좌익위 병력이 일제히 몸을 숙였다.

"충!"

"모두 고생이 많다."

좌익위 무관이 절도 있게 나섰다.

"아닙니다. 어서 오르시지요."

세자가 발판을 밟고서 말에 올랐다.

세자가 탄 말은 나귀가 아닌 군마여서 체구가 상당했다. 그런 군마를 세자가 능숙하게 올랐다.

이원수가 말을 타고 다가왔다.

"이제는 자연스럽게 보일 정도로 능숙하십니다."

"능숙해져야지요. 그래야 나중에 유용하게 써먹지 않겠어요."

"그러나 보중하시옵소서. 저하께서 위험한 승마를 하신다고 조정에서 걱정들이 많습니다. 자칫 낙마라도 하신다면 큰일이 난다고요."

세자가 말고삐를 잡았다.

그러고는 푸득거리며 투레질하는 말을 다독이며 안정시켰다. 그런 세자의 손길에 군마는 이내 안정을 찾았다.

"대업을 앞둔 마당이에요. 이제는 그런 나약한 생각을 버릴 때가 되었어요."

"하오나 신도 걱정이 되기는 합니다."

세자가 이원수를 바라봤다.

"좌익위."

"예, 저하."

"언젠가 나는 만주 벌판을 말을 타고 끝까지 달려 보고 싶어요. 그러니 더 이상 내 앞에서 그런 우려는 하지 않았으면 해요."

세자가 딱 자르자 이원수가 급히 고개를 숙였다.

"앞으로 조심하겠습니다. 허나 저하께서도 승마하실 때 절대 긴장을 푸시면 아니 되옵니다."

"알겠어요. 나도 조심하지요."

이원수가 손짓을 했다.

그것을 본 익위사 무관이 소리쳤다.

"출발하라!"

세자가 말을 타면서 호위 병력도 전부 기병으로 바뀌었다. 물론 이들은 익위사 무관들로, 하나같이 승마에 능했다.

창덕궁을 출발한 세자는 가마를 탔을 때보다 훨씬 빨리 마포에 도착했다. 마포나루에서 배를 타고 여의도 행궁으로 온 세자는 한참 후에야 기다리던 사람들을 만날 수 있었다.

세자를 본 오도원이 부복했다.

"저하! 그간 강녕하셨사옵니까?"

세자는 크게 당황했다.

조선에 온 후 예법을 크게 간소화시켜 왔다. 그래서 부복을 못 하도록 했는데, 오도원이 자신을 보자마자 부복을 한 것이다.

세자가 얼른 다가가 일으켰다.

"어서 일어나세요. 고생한 사람은 부대표인데 부복이라니요. 예가 너무 과합니다."

오도원이 고개를 숙였다.

"황공하옵니다. 오랜만에 저하를 뵈니 소인이 잠시 흥분했사옵니다."

세자가 그를 다독였다.

"그럴 수 있는 일이에요. 그러니 너무 부담 갖지 마세요."

이어서 세자는 오도원의 일행도 일일이 노고를 위로했다. 그런 뒤 이들을 자리에 앉혔다.

"유럽까지 가는데 고생이 많았지요?"

오도원이 사실대로 대답했다.

"넉 달이 조금 더 걸렸는데, 솔직히 예상보다 어려웠습니다. 다른 상황은 차치하고, 덥고 습한 적도를 몇 번이나 통과해야 하는 일이 가장 곤혹스러웠습니다."

"그랬군요. 어떻게 아픈 사람은 없었고요?"

"다행히 없었습니다. 저도 그렇지만 모두 수시로 배를 탔던 경험이 큰 도움이 되었습니다."

"현지에 도착해서는 문제가 없었고요?"

오도원이 크게 고개를 끄덕였다.

"처음 현지에 도착했을 때는 바짝 긴장했는데, 의외로 괜찮았습니다. 특히 화란양행의 시몬스 관장과 직원들의 노력 덕분에 차별대우도 받지 않았고요."

"다행이네요. 인종차별이 심한 유럽이어서 혹시나 문제가 되지 않을까 걱정을 많이 했었어요."

오도원이 두 팔을 들었다. 그러고는 자신이 입고 있는 군복을 둘러보며 설명했다.

"소인들이 입은 이 군복의 효과도 톡톡히 봤습니다. 여기서는 몰랐지만, 현지에 도착하니 우리가 입은 검은색 예복이 서양 군복과 의외로 잘 어울려서 놀랐습니다. 황금수실의 견장도 비슷했고요."

동행했던 익위사 무관이 거들었다.

"영국과 프랑스 군복은 우리보다 많이 화려했습니다. 견장이나 약장도 많았고요. 특히 하의가 백색이어서 야전에서는 결정적으로 위험할 정도였습니다. 아! 붉은색의 하의도 본 적이 있사옵니다."

오도원도 목소리를 높였다.

"맞습니다. 특히 파리에서 만났던 장성들의 군복은 하나같이 화려했습니다. 예복이라고 해도 상상 이상이었사옵니다. 마치 우리가 이전에 입었던 융복과 같아서, 전투가 벌어지면 표적이 되기 딱 좋을 정도였습니다."

세자도 동조했다.

"그럴 거예요. 유럽은 아직 구식 군대의 형태를 벗어나지 못하고 있어서 군복이 화려할 거예요."

"맞습니다."

"파리를 방문한 소감은 어떠했나요?"

오도원이 대답했다.

"파리를 겉으로 봤을 때는 이국적이었습니다. 거의 모든 건물이 2~3층이고, 색깔도 화려해서 아름다웠습니다. 허나 조금만 골목으로 들어가도 온통 오물 천지였습니다."

익위사 무관이 고개를 저었다.

"아름다운 건 궁전과 관공서 주변 정도입니다. 그 지역을 조금만 벗어나면 사방이 오물이었습니다. 큰길은 청소부가 수시로 청소를 해서 그나마 깨끗했지만 냄새가 진동했습니다. 더 놀라운 점은 백성들의 태도였습니다."

세자가 질문했다.

"무슨 문제가 있었나?"

"기본적인 예의범절이 없었습니다. 프랑스 백성들은 누가 보는 것도 아랑곳하지 않고 오물을 그냥 투척했습니다. 그래서 2층에서 버린 오물로 인분을 뒤집어쓴 사람을 보기도 했고요."

세자도 질린 표정을 지었다.

"파리가 더럽다고 하더니 그 말이 사실이었구나."

"맞습니다. 파리에 비하면 우리 한양은 정말 깨끗합니다. 단지 대부분이 단층이어서 화려함은 덜합니다. 허나 공사 중인 배수시설이 정비되면 아마도 세상에서 가장 깨끗한 도시가 될 것이옵니다."

"그렇군요. 그래도 괜찮은 점이 있었을 터인데, 오 부대표는 뭐가 인상적이던가요?"

오도원이 주저 없이 대답했다.

"주요 도로가 포장된 점입니다. 런던도 그렇지만 파리의 주요 도로는 돌을 규격으로 잘라 포장이 되어 있었습니다. 그래서 비가 와도 땅이 질척거리지 않아서 좋았고요. 그리고 광장도 곳곳에 있고, 분수와 유명 인사의 동상도 인상적이었습니다."

오도원의 설명은 한동안 이어졌다.

세자는 이전 시절 몇 개월 동안 파리에 머문 적이 있었다. 그래서 그 경험을 되새기면서 경청했다.

그러나 설명이 이어질수록 실망감은 커졌다. 세자가 아쉬운 속내를 감추지 않았다.

"파리가 생각 이상으로 지저분하고 더러운가 보네요. 도심지 정비도 거의 이뤄지지 않았고요."

"맞습니다. 넓은 도로도 별로 없어서, 대부분 마차도 다니기 어려울 정도로 좁습니다. 그래서 포장된 주요 도로를 제외하면 다니기조차 어려울 지경이었습니다."

세자가 고개를 저었다.

그 모습을 보면서 오도원이 부연했다.

"저하께서 미리 지시하신 대로 런던과 파리의 사정을 상세히 기록해 왔습니다. 그림도 많이 그려 왔고요. 시간을 주시면 우리 직원들이 그런 기록과 그림으로 여행기를 작성해 제출할 것이옵니다."

"알겠습니다. 여행기를 최대한 사실에 입각해 작성해 주세요. 그 여행기가 책자로 발간된다면 아마도 큰 반향을 불러일으킬 겁니다."

"명심하겠습니다."

세자가 본론을 꺼냈다.

"그리고 목표했던 일은 잘되었나요?"

오도원이 주저 없이 대답했다.

"결과부터 보고드리면, 성공했습니다."

세자가 주먹을 움켜쥐었다.

"잘되었네요. 정말 수고 많았어요."

오도원이 한발 물러섰다.

"아닙니다. 인사는 제가 아니라 화란양행 대표인 바타비아 전 총독이 받아야 합니다. 그들이 아니었다면 이번 일은 성사되기 어려웠을 겁니다."

"그래요?"

"예, 저하. 밖에 화란양행 사람들이 기다리고 있사옵니다. 그러니 그들을 접견해서 사정을 직접 들어 보시는 게 어떠실는지요."

"당연히 만나야지요. 어서들 들어오라 하세요."

오도원이 자리에서 일어났다. 그리고 밖으로 나가 몇 사람을 데리고 들어와서는 인사시켰다.

개혁군주

"저하! 이분이 화란양행 대표이며 전 바타비아 총독이십니다."

화란양행 일행 중에서 풍채가 넉넉한 사람이 한 발 나왔다. 그가 능숙한 영어로 자신을 소개했다.

"처음 뵙겠습니다. 본관은 바타비아의 전 총독이며, 화란양행의 대표를 맡고 있는 마르코 반 바스턴이라고 합니다."

"마르코 반 바스턴 대표시군요. 어서 오세요. 지금까지 우리 일을 많이 도와주셔서 꼭 만나 보고 싶었는데, 이렇게 만나네요."

"저도 무척 뵙고 싶었습니다."

세자가 손을 내밀자 반 바스턴이 능숙하게 그 손을 잡았다. 그와 악수를 마친 세자가 시몬스를 바라봤다.

"고생 많았어요. 시몬스."

시몬스가 호탕하게 웃었다.

"하하하! 고생은 여기 계신 대표께서 많이 하셨지요. 제가 한 일은 오도원 부대표와 영국을 다녀온 게 전부였답니다."

마르코 반 바스턴이 나섰다.

"그렇지 않습니다. 시몬스가 영국의 베어링 은행장을 설득하지 못했다면 상당히 곤혹스러운 일이 벌어질 뻔했습니다."

세자가 웃으며 권했다.

"하하! 자! 이리들 앉으세요. 상황이 어떻게 진행되었는지 궁금해서 견딜 수가 없군요."

"하하하!"

"하하하!"

모두가 한바탕 웃으며 자리에 앉았다.

오도원이 먼저 영국의 상황을 설명했다.

"저희는 프랑스를 방문하기 전 먼저 영국의 런던을 찾았습니다. 저하께서 지시하신 베어링 은행장과의 협상을 위해서지요. 그런데 런던에서 의외의 장면을 자주 목격했습니다."

"무엇을 보았지요?"

"런던에는 동양인들이 의외로 많았습니다. 흑인의 숫자도 상당히 보였고요."

시몬스가 부언했다.

"영국은 수십 년 전부터 인도 대륙에 진출해 식민지를 늘려가고 있습니다. 그 때문에 프랑스와 전쟁까지 치렀고요. 그런 인도 대륙에는 인구가 엄청나게 많습니다. 그래서 영국은 부족한 인력을 인도에서 많이 충당하고 있습니다. 흑인은 이전부터 아프리카에서 노예로 잡아 들여왔고요."

세자도 이미 알고 있던 사실이었다. 그러나 모른 척하며 그의 설명에 고개를 끄덕여 주었다.

"그래서 인도인이 많았군요."

"그렇습니다. 하지만 영국은 인종차별이 심합니다. 그로 인해 인도인들이 할 수 있는 일이 극히 제한되어 있지요. 흑인들은 전부가 노예여서 더 말할 나위가 없고요."

세자가 씁쓸해했다.

"인종차별은 하루빨리 바로잡아야 할 악습입니다."

"맞습니다."

세자가 오도원을 바라봤다.

"설명을 계속하시지요."

"예, 저하. 런던에 도착한 우리는 시몬스 관장의 도움으로 베어링 은행장을 만날 수 있었습니다."

세자가 놀라며 반문했다.

"베어링 은행장과 이전부터 인연이 있었나 보네요?"

시몬스가 고개를 저었다.

"직접적인 인연은 없습니다."

"그런데 어떻게 은행장을 쉽게 만나신 건가요?"

"여기 계신 총독께서, 암스테르담에서 은행업을 하는 호프 컴퍼너라는 분을 잘 알고 계십니다. 그래서 그분의 소개장을 받은 걸 활용해 베어링 은행장을 쉽게 만날 수 있었습니다."

마르코 대표가 설명했다.

"베어링 은행의 창업자인 베어링 형제는 독일 출신입니다. 1762년 창업한 베어링 은행은 부친이 양모업자여서 미국과도 교역을 오래 해 왔고요. 베어링 은행도 그래서 1774년 미국에 사업장을 열기도 했습니다. 그때만 해도 은행의 규모가 크지 않았습니다. 그러다 제 친구인 호프 컴퍼너의 도움을 받아 사세를 크게 확장하게 되었지요."

세자가 시몬스를 바라봤다.

"베어링 은행과의 협의를 시몬스 관장이 주도했겠군요."

"상황이 그럴 수밖에 없었습니다. 처음에는 협상조차 받아들이려 하지 않았습니다."

세자도 예상했던 부분이었다.

"충분히 이해합니다. 지금부터는 관장께서 협상 상황을 설명해 주었으면 합니다."

시몬스가 동의했다.

"그렇게 하겠습니다. 우리가 만난 베어링 은행장은 설립자의 아들인 토머스 베어링이었습니다. 처음에는 호프 컴퍼너의 소개장을 갖고 간 우리를 크게 환대했습니다. 그런데 막상 우리가 방문 목적을 밝히니 난색을 보이며 협상하지 않으려 했습니다."

"혹시 미국이 먼저 접촉을 했던 겁니까?"

"그렇습니다. 미국은 1802년 주영미국공사를 통해 뉴올리언스 매입에 필요한 자금 지원을 요청했다고 합니다. 베어링 은행은 그 제안을 다각도로 검토한 끝에 미국 정부 채권을 받는 조건으로 대출 승인을 결정한 상태였습니다."

오도원이 부언했다.

"천만다행으로 우리가 도착했을 때 그런 결정을 미국 공사관에 통보하지 않은 상태였습니다."

세자가 가슴을 쓸어내렸다.

"조금만 늦었더라도 일이 꼬일 뻔했군요."

"그렇습니다. 그런데 토머스 베어링은 우리와의 거래 자체에 난색을 보였습니다. 은행의 미래를 봤을 때 미국과의 거래가 훨씬 중요하다면서요. 그러면서 조선의 상무사와는 앞으로도 별다른 접점이 없을 거라고 단언하더군요."

"으음!"

"그래도 저와 오 부대표가 끈질기게 설득했습니다. 절대 그렇지 않다, 앞으로 조선의 상무사는 유럽과의 교역량이 대폭 늘어날 것이다, 그렇게 되면 베어링 은행과의 거래도 당연히 발생할 거라 했습니다. 그리고 베어링 은행이 동양에 진출한다면 상무사가 적극 도와주겠다는 제안도 했습니다."

오도원이 거들었다.

"세자 저하께서 말씀하신 무역은행 설립도 설명해 주었습니다. 인도총독이 발행한 현금보관증까지 제시하면서요. 그런 설득에도 그는 쉽게 마음을 돌리지 않았습니다."

세자는 충분히 이해가 되었다.

"우리 조선이 이제 막 유럽에 알려지는 상황이어서 두 분이 설득하기 어려웠을 겁니다."

"그렇습니다. 그러나 결국 그를 설득하는 데 성공했습니다. 그리고 그의 결심을 결정적으로 돌리게 만든 건 호프 컴퍼너의 소개장이었습니다."

"그게 무슨 말씀입니까? 소개장이 결정적 역할을 했다니요?"

오도원이 설명했다.

"그가 마음을 바꾸려 하지 않자 시몬스 관장께서 대놓고 협박을 했습니다. 만일 우리의 요구를 받아들이지 않는다면 소개장을 써 준 호프 컴퍼너를 찾아가 상황을 알리고 협조를 구하겠다고요."

시몬스가 무안한 표정을 지었다.

"본래는 그런 말까지 할 생각은 없었습니다. 우리 화란양행이 베어링 은행을 이용하지 말란 법은 없으니까요. 하지만 토머스 베어링이 워낙 완고하게 거절하는 바람에 그렇게 할 수밖에 없었습니다."

세자가 어리둥절했다.

"그게 협박이라고요? 단지 상황을 설명하고 협조를 구하려 했던 거 아닌가요?"

시몬스가 웃었다.

"하하하! 실제는 협조를 구한다고만 했던 게 아닙니다. 총독께 들은 정보로는 호프 컴퍼너가 베어링 은행에 상당한 자금을 융통해 주고 있다고 했습니다. 그래서 베어링 은행장에게 호프의 자금을 회수하게 만들겠다고 직격했습니다. 그 말을 듣고서야 겨우 꼬리를 내렸습니다. 나중에 알고 보니 미국 국채를 매입하는 자금도 상당 부분 융통하려 했다더군요."

"그의 약점을 정확히 찍은 셈이 되었군요."

"그렇습니다. 우리가 악감정을 갖고 분탕질을 치면 미국 국채 매입이 불가능했으니까요."

세자가 걱정했다.

"은행의 자금줄을 막겠다는 건 심각한 위협입니다. 그런 협박까지 했으니 베어링 은행장이 상당한 반감을 갖게 되었겠네요."

시몬스가 고개를 저었다.

"그렇지 않습니다. 완강하던 그가 생각을 바꾸니 의외로 협조적이었습니다. 우리에게 선박보험료를 할인해 줄 터이니 자신의 은행을 이용하라는 권유까지 할 정도로요. 그러면서 은행가로서 챙길 건 철저하게 챙기더군요."

"그렇다면 다행이네요. 그런데 그가 무엇을 챙긴 거지요?"

"베어링 은행이 구상했던 거래 방식은 선 매입 후 매각이었습니다."

세자가 대번에 이해했다.

"베어링 은행이 먼저 뉴올리언스를 매입했다가 미국에 매각하는 삼자 거래 방식을 사용하려고 했나 보군요."

시몬스가 놀랐다.

"대단하십니다. 제 설명을 다 듣지도 않고 상황을 정확히 유추하셨습니다."

"그래야 베어링 은행이 거래 차액을 챙길 수 있을 터이니까요."

"맞습니다. 프랑스는 미국 독립을 지원해 주면서 상당한 채권을 갖고 있습니다. 그 채권을 상환해 주지 않고 있어서 프랑스는 미국 정부에 대한 불신이 상당합니다. 더구나 얼마 전까지 유사 전쟁을 치른 상황이고요."

"그렇다는 사정은 나도 알고 있습니다."

"역시 그러시군요. 베어링 은행은 그런 불신을 적극 활용하려 했습니다. 그래서 협상은 미국 정부가 하지만 베어링 은행이 뉴올리언스를 먼저 매입해서 미국에 되팔려고 했던 것입니다."

세자가 크게 고개를 끄덕였다.

"나도 그럴 거라 예상은 했습니다."

세자의 대답에 네덜란드인들이 하나같이 놀랐다.

시몬스가 놀란 표정으로 말을 이었다.

"세자 저하께서 어떻게 그런 예상을 하신 겁니까?"

"미국은 독립한 지 얼마 되지 않은 나라예요. 모국인 영국과 전쟁까지 치렀으니, 분명 영국에 막대한 채무를 지고 있을 것이고요."

시몬스가 크게 고개를 끄덕였다.

"맞습니다. 영국은 독립을 승인해 주는 조건으로 미국에 있는 영국 자산을 인수하게 했습니다. 그래서 미국 정부는 아직도 영국에 거액의 채무를 진 상태이고요."

세자가 동조했다.

"그래서 뉴올리언스를 매입하려 해도 예산이 없어 국채를 발행할 수밖에 없었을 거예요."

"맞습니다. 베어링 은행은 미국 국채를 매입하면서 얻게
될 이익을 상무사가 부담할 것을 요구했습니다. 그런 베어링
은행의 요구를 오 부대표께서 흔쾌히 수용했고요."

세자는 그런 상황을 예상하고 있었다. 그래서 미리 그런
말을 해 주었기에 오도원이 주저하지 않았던 것이다.

그럼에도 세자는 오도원의 결정을 칭찬해 주었다.

"잘 판단했습니다. 그래서 그들이 얼마의 할인율을 요구
하던가요?"

오도원이 설명했다.

"베어링 은행에서는 할인율을 미국 채권 발행액의 20%나
요구했습니다. 저는 말도 안 되는 요구라면서 펄쩍 뛰었습니
다. 그러면서 저하께서 알려 주신 절감 사유를 조목조목 설
명해 주었습니다."

"미국 국채의 안정성과 대서양을 왕복해야 하는 위험성을
부각했겠군요."

"그렇사옵니다."

시몬스가 다시 나섰다.

"오도원 부대표의 협상력이 대단했습니다. 베어링 은행장
에게 항해 위험성을 적극 부각했습니다. 대서양에는 아직도
많은 사략선이 돌아다니고 있다면서요. 그런데 만일 베어링
은행이 미국 국채를 갖고 온다는 소문이 나면 대서양의 모든

사략선이 노릴 거라며 협박까지 하시더군요. 그건 협박이 아니라 사실이기도 하고요."

세자가 오도원을 바라봤다.

오도원이 쑥스러운 표정을 지으며 사정을 설명했다.

"거래할 때는 상대의 약점이나 의표를 정확히 찔러야 합니다. 그래야 상황을 주도할 수 있으니까요. 특히 이번 같은 경우는 더 그러하고요."

세자도 동조했다.

"맞는 말입니다. 거래에서 주도권을 누가 잡느냐에 따라 결과는 판이해지지요."

오도원의 설명이 이어졌다.

"다행히 토머스 베어링 은행장도 사략선의 위험성을 잘 알고 있었습니다. 덕분에 할인율 인하에 동의했지만, 쉽게 물러서지는 않았습니다. 그래서 이틀 동안 협상한 끝에 할인율을 대폭 조정해 7%만 인정해 주기로 했습니다."

세자가 크게 기뻐했다.

"잘하셨습니다. 그런데 그 할인율은 어떻게 책정했지요?"

"미국은 뉴올리언스의 매입 가격을 900만에서 최고 1천만 달러로 예상하고 있다고 했습니다. 베어링 은행장은 그 말을 하며 1천만 달러를 기준으로 삼자고 했고, 그걸 제가 동의했습니다."

"1천만에 7%면 70만 달러군요."

오도원이 몸을 숙였다.

"그러하옵니다. 더 낮추려고 노력했으나 상대가 너무도 완강했습니다. 그래서 어쩔 수 없이 그 비율로 결정할 수밖에 없었습니다."

"아닙니다. 그 정도만 해도 최선입니다."

"황감하옵니다. 그 대신 대금 지급은 모든 협상이 완료된 후로 늦추기로 했습니다. 그에 대한 보증은 화란양행에서 해주셨고요."

세자가 고마워했다.

"화란양행의 도움에 늘 감사드립니다."

화란양행 대표가 나섰다.

"아닙니다. 당연히 도와드려야 하는 일입니다. 이번 협상의 성공은 우리 화란양행에도 큰 도움이 되기도 해서 적극 나설 수밖에 없었습니다."

"좋은 지적을 하셨네요. 맞습니다. 협상이 잘 마무리되면 화란양행에도 당연히 큰 도움이지요."

방 안의 열기가 크게 높아졌다.

그런 분위기가 가라앉을 때까지 기다렸던 세자가 나섰다.

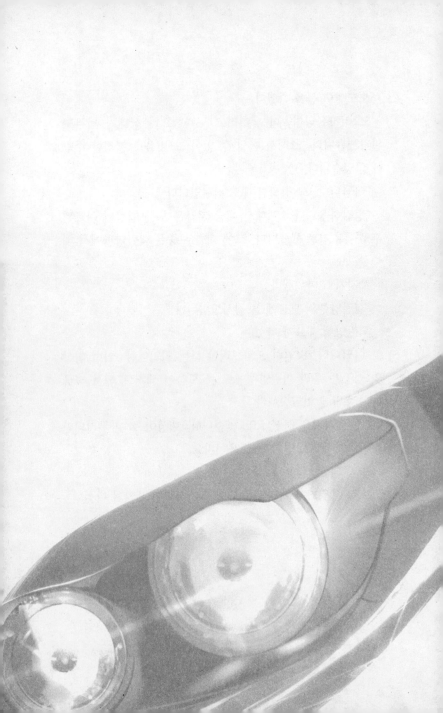

새로운 지평을 열다

"자! 이제부터 파리에서의 일을 듣고 싶네요."

오도원이 설명했다.

"저희가 파리에 도착한 당일 탈레랑 외상을 만날 수 있었습니다. 그 모두가 화란양행 대표님께서 미리 손써 주신 덕분이고요."

세자가 화란양행 대표를 바라봤다.

"이번 일은 대표께서 탈레랑 외상과의 친분을 적극 활용하며 진행되었습니다. 다행히 결과가 좋다고 하니 먼저 감사의 인사부터 드립니다."

마르코 반 바스턴이 웃으며 나섰다.

"하하하! 별말씀을 다 하십니다. 상무사와 인연을 맺은 지

10년 세월입니다. 그동안 우리는 많은 일을 함께했고요. 우리 화란양행은 이전의 10년보다 앞으로의 100년을 더 소중히 생각하고 있습니다."

세자도 동조했다.

"좋은 말씀입니다. 우리 조선은 화란양행과 네덜란드의 도움을 언제라도 잊지 않을 것입니다. 그리고 앞으로도 함께할 것임을 약속드립니다."

"감사합니다."

마르코 반 바스턴이 설명했다.

"탈레랑 외상과의 친분은 오래되었습니다. 그는 주교 출신이면서도 세상을 바라보는 눈이 남보다는 많이 앞선 인물이지요. 그래서 오도원 부대표와의 접견도 쉽게 허락했고요."

"탈레랑이 조선을 알고 있었습니까?"

"물론입니다. 우리가 중개무역을 시작한 지 10여 년입니다. 그동안 상무사는 수십 종의 신제품을 개발했고, 대단한 호평을 받으며 엄청나게 팔려 나가고 있습니다. 유럽 귀족이나 지식인들은 조선이 어디 있는 나라인지는 몰라도 조선의 물건이 좋다는 사실을 모르는 사람은 없습니다."

세자가 고개를 갸웃했다.

"그런데 이상하군요. 베어링 은행장은 조선을 잘 모른다고 하지 않았던가요?"

마르코 반 바스턴이 싱긋 웃었다.

"협상 전략 때문에 그랬을 겁니다. 상무사가 지금까지 영국에서 인정받은 특허만 수십 종입니다. 하나같이 돈으로 환산하면 엄청난 가치를 지닌 특허만 그 정도입니다. 누구보다 특허의 가치를 잘 아는 은행가인 토머스 베어링이 조선을 모르면 오히려 이상한 일이지요."

설명을 들으니 이해가 되었다.

"충분히 그럴 가능성이 높네요."

마르코가 오도원을 치켜세웠다.

"그럼에도 최선의 결과를 얻어 낸 오 부대표의 협상 능력은 놀라울 따름입니다."

오도원이 고개를 숙였다.

"과찬이십니다."

"아닙니다. 유럽에서 은행가들은 저승사자로 통합니다. 그들은 대부분 유대인으로, 은행에서 돈을 빌리면 죽어서라도 갚아야 할 정도로 악랄하다고 해서요. 그런 은행가와의 협상에서 유리한 결말을 낼 수 있는 사람은 별로 없습니다. 특히 이제 막 유럽에 이름이 알려지고 있는 조선의 상황에서는 더 그러하고요."

거듭된 칭찬에 오도원의 얼굴이 붉어졌다.

미소를 지으며 그런 모습을 바라보던 마르코 반 바스턴이 말을 이었다.

"탈레랑 외상을 만났을 때도 오 부대표는 뛰어난 능력을 발휘했습니다. 제가 사전에 어느 정도 작업을 해 놓았지만, 오 부대표는 탈레랑과 면담을 하자마자 그를 논리로 단번에 사로잡았습니다."

❀

오도원이 탈레랑을 만난 건 외무상 관저에서다.

프랑스는 오래전부터 유럽 외교의 중심지였다. 그런 프랑스의 외무상관저는 궁궐이나 다름없을 정도로 크고 화려했다.

그러나 오도원은 많은 경험을 쌓아 왔던 터라 조금도 주눅들지 않았다.

탈레랑은 산전수전을 겪은 인물이다.

그는 프랑스혁명 발발 직전 국민의회 구성을 주창하며 주목을 받았다. 그의 주장이 받아들여져서 국민의회가 열리자 교회 재산까지 국유화하자고 주장했다.

교회 주교로서는 쉽게 생각할 수 없는 파격 발언이었다. 그런 그는 '바스티유 감옥 습격 기념 미사'를 집전하며 '혁명의 주교'라는 별칭을 얻었다.

프랑스 혁명정부는 탈레랑의 주장대로 교회 재산을 전부 국유화했다. 그러자 대노한 바티칸의 교황은 그를 파문해 버렸다.

탈레랑은 파문되자마자 사제복을 벗고 파리 행정관으로

부임한다. 그 후 몇 번의 정치적 고비를 망명으로 잘 넘겼으며, 귀국해서 승승장구한다.

그는 미국과의 협상에서 뇌물 문제로 큰 파문을 불러일으켰다. 하지만 나폴레옹을 적극 지지하면서 다시 외무상이 되었고, 바티칸과의 정교 협약을 중재하면서 최고 실력자로 부상했다.

이런 그에게 동양에서 온 특사는 외면해 버려도 될 존재였다. 그러나 마르코 반 바스턴의 거듭된 권유와 급격히 부각되는 조선에서 왔다는 말에 만나 볼 결심을 했다.

마르코 반 바스턴의 소개로 두 사람이 인사를 나눴다. 탈레랑도 외교관이었던 터라 인사만큼은 제대로 격식을 갖춰서 했다.

인사를 마치고 소파에 둘러앉았다.

영국과 미국에서 망명 생활을 했을 정도로 탈레랑도 영어 실력이 상당했다. 그럼에도 그는 통역을 넣어 대화를 시도했다.

"동양 국가인 조선의 특사가 파리까지 올 줄은 몰랐소이다. 귀국에서 여기로 오려면 몇 개월을 고생했을 터인데 말이오. 그런 고난을 감수할 정도로 중요한 문제를 갖고 온 것이오?"

오도원이 능숙한 영어로 대답했다.

"그렇습니다. 본국에도 중요하지만, 귀국에는 더 중요한 문제입니다."

탈레랑의 눈이 커졌다.

"무슨 말을 하는 거요? 우리와는 접점이 전혀 없는 조선이요. 그런데도 우리 프랑스에 더 중요한 문제를 가져왔다고요?"

"그렇습니다."

탈레랑이 자세를 바로 했다.

"좋소. 어디 들어나 봅시다."

오도원이 잠깐 뜸을 들였다.

"우리가 파악한 바로는 귀국이 추진하려던 북미 정책이 상당한 문제가 발생한 것으로 압니다."

탈레랑은 어이가 없었다.

"아니, 동양 국가인 조선이 우리 프랑스의 사정을 어떻게 잘 아시오? 그것도 북미 정책을요?"

"본국은 오래전부터 대외 교역을 적극 추진해 오고 있습니다. 그래서 동양 각국은 물론이고 아프리카의 케이프 식민지와도 교역하고 있습니다. 그러면서 화란양행과는 쌍무협정을 체결해 많은 일을 함께하고 있고요."

"대외 교역을 하면서 본국의 사정을 알게 되었단 말이군요."

"그렇습니다."

"좋소. 우리 사정을 알고 있다니 더 말을 하지 않겠소. 그런데 우리의 북미 사정이 귀국과 무슨 관련이 있는 거요?"

"직접적인 관련은 없습니다. 하지만 미국과 영국이 엮이면 상황은 달라지지 않겠습니까?"

영국이란 말에 탈레랑이 눈을 빛냈다.

"계속해 보시오."

"저는 미국이 귀국에 뉴올리언스 매각 의사를 타진했다는 사실을 알고 있습니다."

탈레랑이 순간 놀랐다. 그러나 그는 이내 고개를 끄덕이며 인정했다.

"그렇소. 미국이 파리 주재 공사를 통해 매각 의사를 타진한 건 사실이오."

"나폴레옹 통령 각하의 미시시피 출입 제한 조치로 미국은 다급해졌습니다. 그래서 매입 제안은 했지만, 미국은 현재 자금이 없습니다. 그러기 때문에 국채를 발행할 계획을 프랑스에 전했을 겁니다. 그러나 미국은 자국 국채에 대한 프랑스의 불신이 크다는 사실을 잘 알고 있습니다."

탈레랑이 인정했다.

"당연한 일이지요. 미국은 아직까지도 독립전쟁 당시 발생한 채권도 지급하지 않고 있어요. 그런 미국 국채를 우리가 받아 줄 리가 만무하지요."

"예. 그래서 영국의 베어링 은행을 선정해 중재할 계획을 갖고 있습니다. 베어링 은행이 중재하고 나선다면 귀국도 인정할 것이 아니겠습니까?"

탈레랑도 인정했다.

"영국의 은행이지만 베어링 은행이라면 믿을 수 있지요."

"역시 제 생각이 맞았군요. 그래서 미국은 베어링 은행을 앞세우려 했습니다. 그래야 뉴올리언스 매각에 대한 진정성을 귀국이 믿어 줄 터이니까요."

처음으로 탈레랑이 침음했다.

"으음!"

"그러나 미국의 시도는 무산되었습니다."

이러면서 베어링 은행과의 협상을 설명했다.

탈레랑 외상은 의외의 변화에 놀라 눈을 크게 떴다.

그가 불쾌한 듯 목소리를 키웠다.

"뉴올리언스 문제는 조선과 전혀 상관이 없는 일이었소. 그런데 왜 베어링 은행까지 가서 개입을 한 것이오?"

오도원이 표정도 변하지 않고 반문했다.

"외상께서는 프랑스가 북미에 진출하는 게 국익에 도움이 되지 않는다고 생각하시지요?"

탈레랑이 흠칫했다.

"그렇소이다. 그런데 그 사실을 어떻게 아시오?"

오도원이 대답 대신 의외의 말을 했다.

"본국의 세자 저하께서는 이런 말씀을 하셨습니다. 탈레랑 각하께서 나폴레옹 통령께 이집트 공략을 권유한 건 깊은 뜻이 함유되어 있다고요. 그러면서 판세를 넓게 볼 수 있는 사람이라면 분명 그 의미를 알고 있을 거라고도 하셨습니다."

탈레랑의 눈이 더없이 커졌다.

그는 한숨과 함께 고개를 저었다.

"하! 참으로 놀라운 일이구나. 우리 프랑스에서도 이집트 공략을 제안한 나의 진의를 아는 사람이 별로 없다. 그런데 한 번도 보지 못한 동양의 왕자가 나의 본심을 파악하고 있을 줄이야."

대화를 듣고 있던 마르코가 나섰다.

"외상 각하. 프랑스의 국익을 위해서는 북미가 아닌 아프리카를 공략해야 합니다. 북미는 대서양을 건너야 하지만 아프리카는 지중해만 건널 정도로 가깝습니다. 더구나 현지인도 엄청나고요."

탈레랑이 손바닥으로 탁자를 쳤다.

"바로 그것이오. 북미는 아쉽지만 우리가 손을 대기에는 너무 늦었소. 거리도 멀고요. 그래서 나폴레옹 통령이 북미에 식민제국을 건설하려는 구상을 극력 만류했던 것이오."

오도원이 적당한 때 나섰다.

"그러나 프랑스로서는 영국이 북미에서 세력을 넓히는 상황은 용인하기도 어려울 겁니다."

탈레랑이 크게 고개를 끄덕였다.

"그것도 문제요. 영국은 우리에게 원수나 다름없는 나라요. 그런 영국이 북미에서 영향력을 강화해 나가는 걸 그냥 두고 볼 수는 없소. 그럴 바에야 뉴올리언스를 미국에 매각하는 게 좋다고 생각했던 중이었소."

"각하! 뉴올리언스를 우리에게 매각하시지요?"

탈레랑이 깜짝 놀랐다.

"뭐라고요? 조선에 넘기라고요?"

"그렇습니다. 그리고 기왕이면 루이지애나도 함께 넘겨주셨으면 합니다. 그에 대한 대가는 적절히 지급하겠습니다."

너무도 갑작스러운 제안에 탈레랑이 잠시 말을 못 했다.

그러던 그는 이내 고개를 저었다.

"있을 수 없는 일이오. 뉴올리언스에는 수천 명의 유럽인이 거주하고 있소이다. 더구나 북미 남부의 중심지요. 그런 지역을 동양 국가에 넘겨준다면 바로 폭동이 일어날 것이오. 그런데 그것도 부족해 루이지애나 전부를 넘겨 달라니, 불가능한 일이오."

오도원의 목소리가 단호했다.

"외상 각하! 전체 상황을 살펴보시기 바랍니다. 본국이 뉴올리언스를 매입해도 직접 경영하지는 않을 계획입니다. 그래서 외상께서 우려하는 문제는 일어나지 않을 것입니다."

탈레랑이 흠칫 놀랐다.

"직접 경영하지 않겠다고요? 그러면 누가 그 도시를 다스린다는 말이오?"

오도원이 화란양행 사람들을 돌아봤다.

"여기 있는 화란양행에 뉴올리언스 경영을 위탁할 겁니다. 그러면서 뉴올리언스와 그 주변을 자유 지역으로 만들 것이고요."

탈레랑이 깜짝 놀랐다. 그로서는 생각지도 못한 방법이었기 때문이다.

"바타비아에 도시 경영을 위탁한다고요?"

오도원이 분명히 했다.

"아닙니다. 바타비아 정부가 아니라 화란양행 회사에 위탁할 겁니다."

잠시 생각하던 탈레랑이 인정했다.

"가능한 일이요. 원활한 통치를 위해서는 경영 위탁을 할 수는 있소. 그런데 자유 지역이 뭐요?"

"뉴올리언스의 미시시피 동안은 의외로 땅이 넓습니다. 만일 우리가 뉴올리언스를 매입한다면 미시시피 동안을 완전 개방할 것입니다. 그래서 누구라도 이주할 수 있고, 누구건 시청의 허락만 받으면 사업을 할 수 있게 만들 것입니다."

"누구도 상관없다면 노예도 받아 준다는 말이오?"

오도원의 목소리가 단호해졌다.

"본국은 노예제도를 이미 철폐했습니다. 거기에 따라 자유 지역에서는 신분적 차별이나 인종적 차별을 완전히 없앨 것입니다. 그래서 누구나 자유롭게 자신의 일을 하게 만들 것입니다."

"미국이 동의해 주겠소? 미국은 요즘 아프리카 흑인들을 노예로 엄청나게 받아들이고 있어요."

오도원이 의아한 표정을 지었다.

"각하! 지금 이상한 말씀을 하시는군요. 뉴올리언스는 우리가 정당한 대금을 주고 매입한 본국의 영토입니다. 그런 영토를 다스리는 데 미국의 동의가 무슨 필요가 있겠습니까? 그리고 미국도 우리의 북미 진출을 마다하지 않을 겁니다. 왜냐하면 미국에는 그들이 가장 바라는 사안을 보장해 줄 것이기 때문입니다."

탈레랑이 바로 알아들었다.

"미시시피 항행 권리 말이오?"

"그렇습니다. 그것도 각국의 보증을 받아서요."

"각국의 보증을 받는다면 미국에는 최고의 선물이 되겠소이다."

오도원의 목소리가 은근해졌다.

"만일 자유 지역이 설정되면 프랑스의 국익에도 큰 도움이 될 것입니다."

탈레랑의 귀가 솔깃해졌다.

"우리 국익에 도움이 된다고요?"

"그렇습니다. 계획대로 된다면 뉴올리언스는 모든 인종이 모여드는 용광로가 될 것입니다. 그렇게 되면 도시 발전은 상상 이상으로 빨라질 것이고요. 그게 무엇을 의미하는지 외상 각하께서는 모르지 않으시겠지요?"

탈레랑이 대번에 짐작했다.

"이민의 나라인 미국의 입지가 흔들릴 수도 있다는 말이군요."

"그렇습니다. 자유 지역이 유럽에 알려지면 많은 사람이 몰려들 것입니다. 영국과 반목하는 아일랜드인들은 특히 더 그렇게 될 겁니다."

탈레랑이 크게 고개를 끄덕였다.

"자유도시가 되면 아마도 그렇게 되겠지요."

"프랑스로서는 뉴올리언스가 이주의 성지처럼 발전하는 게 훨씬 국익에 도움이 될 것입니다. 지금은 독립 초기라 사이가 별로라고 해도, 영국과 미국은 어차피 한 줄기라고 봐야 합니다. 그런 미국의 발전이 늦어지는 건 결국 프랑스의 국익에 도움이 될 겁니다. 적의 적은 동지라는 말이 있지 않습니까?"

"흐음!"

정확한 지적이었다. 오도원의 설명대로라면 프랑스의 국익에 분명 도움이 될 수 있었다.

그러나 국가 간의 역학관계를 잘 알고 있는 탈레랑은 쉽게 대답하지 못했다.

그런 그를 잠깐 기다렸던 오도원의 설명이 이어졌다.

"미국을 발전시키는 원동력은 뉴욕입니다. 그 뉴욕의 원래 주인은 여기 있는 네덜란드인들이고요."

마르코 반 바스턴이 나섰다.

"맞습니다. 1625년 스물여섯 명의 네덜란드인이 맨해튼에

성채를 세운 것이 뉴욕의 시초였습니다."

오도원이 단언했다.

"만일 귀국이 뉴올리언스를 넘겨주신다면 우리는 화란양행에 통치를 위임할 겁니다. 그러면 유럽인들도 반발을 못합니다. 그리고 그런 통치에 반발하는 자들은 예외 없이 추방할 겁니다."

"추방한다고요?"

"그렇습니다."

"우리 프랑스인들도 그렇단 말이오?"

오도원이 고개를 저었다.

"그 부분은 걱정하지 않아도 됩니다. 뉴올리언스에는 프랑스인이 본래 많지 않은 것으로 압니다. 그런 프랑스인은 거의 해당되지 않을 겁니다."

"으음!"

한동안 고심하던 탈레랑이 지적했다.

"그러면 뉴올리언스만 매입하면 되지 않겠소?"

오도원이 고개를 저었다.

"우리는 루이지애나를 얻지 못한다면 뉴올리언스를 매입할 필요가 없습니다. 각하께서도 아시겠지만 루이지애나에서 뉴올리언스는 화병의 목과 같은 존재입니다. 그래서 루이지애나만 귀국이 갖고 있어 봐야 별 도움이 되지도 않습니다."

루이지애나의 끝에 뉴올리언스가 있다. 그래서 오도원의

설명대로 뉴올리언스가 아니라면 루이지애나로의 진출은 상당히 어렵다.

탈레랑도 인정했다.

"하긴, 뉴올리언스가 없다면 루이지애나는 큰 의미가 없기는 하지."

이러면서 그가 뭔가를 생각했다.

오도원이 잠시 기다렸다 결정적 제안을 했다.

"외상 각하! 우리의 제안을 받아들이시지요. 그러면 우리도 귀국을 적극적으로 도와드릴 용의가 있습니다."

탈레랑의 고개를 갸웃했다.

"귀국이 우리를 어떻게 돕는다는 말이오?"

"프랑스의 아시아 진출을 적극 돕겠습니다."

탈레랑이 깜짝 놀랐다.

"그래요?"

"프랑스는 영국과의 전쟁에서 패해 인도 공략을 거의 못하고 있는 것으로 압니다. 만일 우리 제안을 받아들인다면 인도 남부에서의 세력 확장은 물론이고, 다른 지역의 진출도 적극 도와드리겠습니다."

탈레랑의 눈이 더없이 커졌다.

"그게 정녕 사실이오?"

"물론입니다. 이는 본국의 세자 저하께서 약속하신 부분이니 믿으셔도 됩니다."

"……."

오도원이 능수능란하게 말을 이어 갔다.

"북미 지역은 빈터나 다름없습니다. 그런 지역에 진출하려면 귀국은 막대한 자금을 투자해야 합니다. 그뿐이 아니라 사람들도 대거 이주시켜야 할 것이고요. 그러나 아시아는 유럽보다 몇 배나 많은 인구가 살고 있습니다. 더 중요한 점은 아프리카와 달리 문화 수준도 상당해서, 진출만 하면 바로 재화를 창출할 수가 있지요."

탈레랑이 비로소 격하게 동조했다.

"맞는 말씀이오. 소비 시장으로는 아시아만 한 곳이 없지요. 그런데 귀국의 국력이 우리를 도와줄 정도가 되기는 한 거요? 내가 알기로 동양에서 가장 큰 나라는 청나라로 알고 있는데 말이오."

오도원은 구구한 설명을 하지 않았다. 그 대신 강력한 한 방으로 대답을 대신했다.

"우리가 여기까지 찾아왔다는 사실에서 유추해 보면 모르시겠습니까? 더구나 우리의 목적이 다른 지역도 아닌 북미 대륙 진출이란 사실도 있고요."

탈레랑은 어리석지 않았다.

아니, 탐욕스럽기는 하지만 누구보다 판세를 읽을 줄 아는 인물이었다.

그가 오도원의 말을 듣고는 처음으로 호탕하게 웃었다.

"하하하! 내가 어리석은 질문을 했소이다. 여기까지 와서 미래를 위해 협상하는 사실만큼 분명한 증거가 있는데 말이오."

그가 한동안 크게 웃었다.

그의 웃음에 긍정이 묻어 있다는 걸 오도원은 느낄 수 있었다. 그러나 그가 먼저 답을 주기 전까지 차분히 기다렸다.

무언가를 고심하던 탈레랑이 결정했다.

"좋소. 내, 그대의 제안을 받아들이겠소."

승낙을 받았으나 오도원은 냉정했다.

아직 결정권자인 나폴레옹의 재가가 필요한 사안이었다. 그리고 그의 성정으로 봤을 때 말로만 끝나지 않을 거라 예상했기 때문이다.

"현명한 결정을 하셨습니다."

"그러나 이런 일을 나 혼자 결정할 수는 없소."

오도원이 고개를 끄덕였다.

"당연히 나폴레옹 통령 각하의 재가가 반드시 필요한 사안이겠지요. 말씀하시지요. 각하의 운신에 도움이 되는 일이라면 최선을 다하겠습니다."

"먼저 그대들이 루이지애나를 매입할 여건이 되는지 확인할 수 있게 해 주시오. 그리고 나폴레옹 통령을 설득하는 나를 위해 무슨 지원을 해 줄 것인지도 말해 주시오."

탈레랑이 노골적으로 뇌물을 요구했다.

오도원은 그의 성향을 미리 알고 있었던 터라 당황해하지 않고 서류 하나를 꺼냈다.

"이 서류는 영국의 인도 총독께서 직접 보증해 주신 현금 보관증입니다. 먼저 살펴보시지요."

탈레랑이 서류를 보고는 눈을 크게 떴다.

"1,500만 달러면 우리 프랑스의 화폐로 7천만 프랑이 아니요?"

"그렇습니다. 우리가 산정한 루이지애나 매입 대금입니다. 귀국이 결정해 주시면 매입 대금을 채권이 아닌 은화로 지급하겠습니다."

탈레랑이 탐탁지 않게 생각했다.

"으음! 거래 조건은 나쁘지 않은데 금액이 너무 적은 거 같소."

"그렇지 않습니다. 이 금액은 저희가 치밀한 분석 끝에 결정했습니다. 그러니 통령 각하께는 우리의 조건을 먼저 말씀하지 말고, 미국의 조건부터 거론해 주셨으면 합니다."

탈레랑이 고개를 끄덕였다.

"거래를 성사시키려면 그게 좋겠지요. 그러면 나에게는 어떤 지원을 해 줄 거요?"

"우리가 어떻게 해 드리면 되겠습니까?"

탈레랑이 주저 없이 요구했다.

"100만 프랑을 주시오. 그러면 나폴레옹 통령을 어떻게 해서든 내가 설득하겠소."

오도원이 깜짝 놀랐다.

"각하! 100만 프랑은 너무 과합니다."

탈레랑이 고개를 저었다.

"100만 프랑이라고 해봐야 미국 화폐로 20만 달러가 조금 더 되는 액수요. 이렇게 큰 거래를 하면서 그 정도의 비용은 생각했어야 하는 거 아니요? 그리고 그 금액을 나 혼자 챙길 것도 아니요."

오도원이 고심했다. 아니, 고심하는 척했다.

'놀랍구나. 세자 저하께서 이럴 때 쓰라고 10만 냥을 주셨는데, 거의 그 금액에서 정리가 되겠어.'

미국의 달러는 1792년 첫 발행되었다.

발행 당시 1달러는 금 1.584g이었다. 금과 은의 비율을 1 : 10으로 규정해 환산하면 20만 달러는 은화로 84,480냥이 된다.

이런 계산을 하던 오도원이 결정했다.

"좋습니다. 각하의 요청을 받아들이겠습니다."

탈레랑이 환하게 웃었다.

"잘 결정했소이다. 내 반드시 좋은 결정을 받아 오리다."

"잘 부탁드리겠습니다."

두 사람이 환하게 웃으며 악수했다.

두 사람은 이날 늦게까지 많은 대화를 나눴다. 탈레랑의 결심을 확인한 마당이어서 화란양행 사람들도 대화에 적극 참여하면서 열기를 더했다.

❀

다음 날.

탈레랑은 나폴레옹의 집무실을 찾아서는 미국의 제안을 먼저 설명했다. 나폴레옹은 미국 현지 사정을 누구보다 잘 알고 있었다.

10년 가까이 독립전쟁을 치른 미국은 아직 도로 사정이 열악했다. 특히 애팔래치아산맥 너머는 거의 손도 대지 못하고 있는 상황이었다.

이런 미국에게 미시시피는 내부 물류의 대동맥이었다. 그래서 1795년 스페인과 무관세 선적을 포함한 기항 권리를 인정받는 협정을 체결했었다.

그런데 날벼락이 떨어졌다.

1800년, 비밀 협약을 통해 루이지애나가 프랑스로 넘어간 것이다. 그것까지는 이해가 되었으나, 나폴레옹이 미국을 가만두지 않았다.

나폴레옹은 1802년 현지 스페인 총독을 통해 미국 선박의 무관세 선적을 제한하는 법령을 반포하게 했다.

미국으로선 갑자기 발등에 불이 떨어졌다. 그러나 루이지애나 주권이 프랑스로 넘어간 상황이어서 하소연할 수도 없었다.

이렇게 되자 미시시피를 이용해 농산물을 운반하던 남부 농민들은 불만이 폭증할 수밖에 없었다.

신생국 미국은 농업국이다. 남부의 농민들이 들고일어나면 가뜩이나 불안한 13주 연합이 깨질 수도 있었다.

고심하던 제퍼슨 대통령은 의회의 동의를 얻어 특사를 파견했다.

나폴레옹은 본래 루이지애나식민지를 적극 개발하면서 미국을 적당히 옥죄려 했었다. 그러면서 영국과 가까워지려는 미국을 견제하려 했다.

그런데 상황이 돌변했다.

북미 대륙에 식민지를 건설하려는 계획은 생도맹그 반란으로 틀어져 버렸다. 더 문제는 반란 진압을 위해 파병한 병력이 풍토병 등으로 녹아내린 사실이었다.

그렇다고 추가 파병을 할 입장도 아니어서 대안을 모색할 처지가 되어버렸다. 이런 상황에서 미국 공사가 뉴올리언스 매각을 제안해 왔다.

숙고하던 나폴레옹은 매각을 결정했다.

연일 바쁜 와중에도 미국 특사를 기다렸다. 국력을 집중해 전쟁 준비를 하고는 있으나 워낙 많은 전비가 부담이었기 때문이다.

그런데 탈레랑이 이 문제를 거론했다.

나폴레옹이 고개를 끄덕였다.

"그렇지 않아도 뉴올리언스 매각을 위해 미국 특사가 방문한다는 보고는 받았습니다."

탈레랑이 은근하게 질문했다.

"통령 각하께서는 뉴올리언스를 미국에 매각할 계획이십니까?"

"지금 상황에서는 어쩔 수 없는 일이라 생각합니다. 그런데 외상은 생각이 다른가 봅니다?"

"솔직히 저는 내키지 않습니다."

나폴레옹이 의아한 표정으로 바라봤다.

탈레랑은 나폴레옹의 날카로운 눈길에 움찔하면서도 당당히 소신을 밝혔다.

"통령 각하! 미국이 영국에서 독립은 했으나 한통속이나 다름없습니다. 그랬기에 때가 되니 통보도 없이 교류를 시작하지 않습니까?"

"으음!"

"그런 미국에 북미 대륙의 이권을 전부 넘겨줄 수는 없습니다."

"루이지애나 전부가 아닙니다. 미국은 단지 뉴올리언스만 넘겨 달라고 했어요."

탈레랑이 웃었다.

"하하하! 각하! 그 말은 교묘한 술책일 뿐입니다. 뉴올리언스는 루이지애나의 목줄과 다름없는 요충지입니다. 그런 뉴올리언스를 넘겨준다는 건 루이지애나를 전부 넘겨주는 거나 다름없습니다."

나폴레옹은 속으로 뜨끔했다. 그는 미국 특사가 오면 루이
지애나를 전부 넘겨주면서 더 많은 대가를 요구할 생각이기
때문이다.

나폴레옹이 고개를 저었다.

"외상은 마치 내 속을 들여다본 사람처럼 말하십니다. 솔
직히 나는 미국과 협상하면서 루이지애나를 전부 넘겨줄 생
각을 하고 있었습니다."

이번에는 탈레랑이 놀랐다.

오도원이 제안했던 상황과 너무도 맞아떨어졌기 때문이다.

노련한 탈레랑은 속내를 조금도 드러내지 않고 미국을 성
토했다.

"미국이 강력해지면 그만큼 우리에게는 부담이 됩니다.
그런데 루이지애나를 넘겨주면 미국은 시간이 지날수록 국
력이 신장될 겁니다. 그리되면 우리의 국익에 심각한 위협을
초래하게 됩니다. 아울러 본국과 원수지간인 영국을 도와주
는 꼴이 될 것이고요."

나폴레옹이 고개를 갸웃했다.

"북미에서 영국의 확장을 제한할 수 있는 나라는 미국뿐입니
다. 그렇다고 루이지애나를 스페인으로 다시 돌려줄 수도 없는
상황이고요. 그럼에도 미국에 넘기면 안 된단 말입니까?"

"당연히 그러시면 아니 됩니다. 국익을 위해서라도 통령 각

하께서는 북미주도권을 영미에 넘겨주어서는 아니 됩니다."

나폴레옹은 고심했다.

자신이 통령이 되는 데 절대적인 후원자 역할을 한 사람이 탈레랑이었다. 비록 탐욕은 많지만, 국제 정세를 보는 눈만큼은 타의 추종을 불허하는 사람이었다.

"……외상께서 이리 반대하니 생각을 다시 해 봐야겠네요. 그런데 대안은 있는 겁니까?"

탈레랑이 고개를 숙였다.

"먼저 저의 청원을 들어주어서 감사드립니다. 통령 각하께서는 혹시 조선이란 나라에 대해 아십니까?"

나폴레옹이 처음에는 고개를 갸웃했다. 그러던 그는 이내 고개를 끄덕였다.

"아! 알겠네요. 조선이라면 동양 국가로, 요즘 새로운 발명품을 쏟아 내는 나라 아닙니까?"

"맞습니다. 얼마 전에는 통조림 제작기술을 발명해 세상을 놀라게 했던 나라입니다."

나폴레옹이 격하게 동조했다.

"정말 획기적인 물건이더군요. 나도 통조림을 보고 그 효용성에 감탄했습니다. 그래서 통조림 공장의 설립을 후원하라는 명을 내리기도 했고요. 그런데 그런 조선은 왜 거론하는 겁니까?"

"조선의 특사가 어제 저를 방문했습니다. 그리고 놀랍게도 루이지애나를 매입하고 싶다는 제안을 했습니다."

나폴레옹이 깜짝 놀랐다.

"그게 무슨 말입니까? 동양 국가가 루이지애나를 원하다니요? 그들에게 북미의 루이지애나는 가 보기도 어려운 지역일 터인데요."

"지리적으로는 통령 각하의 말씀이 맞습니다. 그러나 그들이 보낸 특사의 설명을 들어 보니 알겠더군요. 매각을 하려면 조선에 하는 게 국익에 큰 도움이 된다는 사실을요. 그래서 통령 각하께 말씀을 드리는 겁니다."

"우리와 아무 연관이 없는 조선입니다. 그런 나라에 루이지애나를 넘기라고요?"

"그렇습니다. 아무 연관이 없기 때문에 더 추천을 드리는 겁니다."

이러면서 탈레랑의 설명이 시작되었다.

처음에는 반신반의하던 나폴레옹은 설명이 이어지면서 차츰 심각하게 변해 갔다.

그러던 어느 순간부터 적극적으로 질문을 시작했다. 그런 질문을 탈레랑은 능숙하게 답변하였고, 질문과 답변은 한동안 이어졌다.

설명이 끝나고 나폴레옹은 한동안 입을 열지 않았다. 방안을 오가며 고심을 거듭하던 나폴레옹은 어느 순간 걸음을 멈추었다.

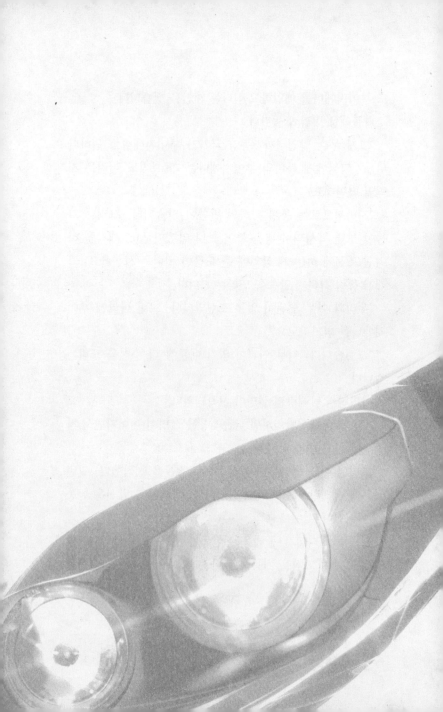

세상의 변화를 주도하다

오도원의 설명이 이어졌다.

"탈레랑 외상이 나폴레옹 통령을 만난 다음 날 나폴레옹 통령을 접견할 수 있었습니다."

세자는 궁금했다.

"나폴레옹을 직접 만나 보니 어떻던가요?"

"의외로 젊은 분이었습니다. 덩치도 별로 크지 않았지만, 눈빛은 정말 날카로웠습니다. 서양인의 눈빛이 본래 깊은데 그분은 서늘하기까지 했습니다."

"그랬군요."

"이미 탈레랑 외상에게서 나폴레옹 통령이 긍정적인 생각을 갖고 있다는 말을 들었습니다. 그래서 가벼운 마음으로 들어갔는데 예상외의 난관이 기다리고 있었습니다."

"난관이 있었다고요?"

오도원이 비단으로 장식된 상자를 내밀었다.

"예. 우선 협정문을 읽어 보시지요."

세자가 상자에서 협정문을 꺼냈다. 협정문은 한글과 프랑스어, 그리고 영어로 되어 있었다.

내용을 읽던 세자가 이마를 찌푸렸다.

"매입금액이 예상과 다르군요."

오도원이 조심스럽게 설명했다.

"나폴레옹 통령은 프랑스의 아시아 진출에 대한 우리의 도움을 먼저 확인했습니다. 그래서 영국을 견제하기 위해서라도 적극 협조하겠다고 했습니다. 그 말을 듣고는 흡족해하던 통령은 미국 국채를 대신 매입하라는 조건을 붙였습니다. 그래서 제가 항의하려 했는데 탈레랑 외상이 경고를 했습니다. 만일 통령의 제안을 받아들이지 않는다면 두 번의 협상은 없다고 하면서요. 그래서 어쩔 수 없이 300만 불이나 되는 거액을 떠안을 수밖에 없었습니다."

오도원이 자리에서 일어났다.

"송구합니다. 저하께서 지시하신 일을 완전히 성사시키지 못했습니다."

이러고는 다시 부복했다.

세자가 황급히 일어나 그를 부축해 자리에 앉혔다.

개혁군주

"아닙니다. 절대 잘못한 협상이 아니에요. 거래는 상대가 있는 거잖아요. 예상했던 금액은 나 혼자만의 생각이었을 뿐이에요. 협상을 하다 보면 당연히 금액은 달라질 수 있는 겁니다."

"그래도……."

세자가 오도원의 말을 막았다.

"더 이상 자책하지 마세요. 이번 협상에서 우리가 획득한 영토가 얼마나 되는지 아시지요?"

"이전부터 알고 있습니다. 협정문에도 지도가 그려져 있고요."

세자가 협정문에 동봉된 지도를 펼쳤다. 그러고는 루이지애나가 표지된 지점을 짚어 나갔다.

"지도를 보세요. 북미 대륙의 중심부를 미시시피가 가로지르고 있어요. 이 동쪽이 미국이지요. 우리가 매입한 루이지애나는 그런 미국과 맞먹는 크기입니다. 우리나라와 만주까지 전부 아우르고도 남는 어마어마한 넓이예요. 그런 면적을 2천만 달러도 안 되는 가격으로 매입한 겁니다."

세자의 목소리가 격해졌다.

"이번 매입으로 세상의 흐름이 크게 바뀌게 되었어요. 미국이 이 지역을 매입했다면 국력이 급격히 신장되었을 거예요. 유럽의 이민자들도 대거 받아들였을 것이고요. 그렇게 폭발적으로 국력이 신장된 미국은 결국 태평양으로 진출하

게 됩니다. 그런데 이번 계약으로 인해 미국은 대서양 국가
로 남게 되었어요."

마르코 반 바스틴이 적극 동조했다.

"옳은 말씀입니다. 미국이 루이지애나를 매입했다면 그들
의 국력이 크게 신장되었을 겁니다. 그런 변화를 이번에 막아
낸 겁니다. 그로 인해 북미에서의 역학 구도는 큰 변화를 맞
이하게 되었고요. 그리고 무엇보다, 조선이 북미에 진출할 수
있는 절대적 당위성을 얻게 되었다는 사실이 중요합니다."

"예. 그러니 당당해지세요. 아니, 계약을 성사시켰다는 자
부심을 가져야 합니다. 오 부대표는 지금까지 누구도 못 이룬
어마어마한 성과를 거두고 온 겁니다. 작위 제도가 시행되었
다면 당장 백작 이상에 봉작될 정도의 공적을 세웠고요."

거듭되는 칭찬에 오도원의 눈이 붉어졌다.

"저하!"

세자가 그런 그를 한동안 다독였다.

그런 다독임을 받고서야 오도원의 어깨가 펴졌다.

"저하의 말씀대로 당당해지겠사옵니다. 하오나 결코 공을
앞세울 생각은 없사옵니다."

세자가 크게 웃었다.

"하하하! 그건 알아서 하세요."

"황감하옵니다."

"미국 특사는 어떻게 되었지요?"

"그들은 청국 광주에 오기로 되어 있습니다. 뉴올리언스 문제를 해결하려고요. 그리고 프랑스에서는 매입 대금을 수령하기 위해 퐁디셰리에서 나폴레옹 통령의 특사가 기다리고 있사옵니다. 저하! 이 문제들을 어떻게 처리하면 되겠사옵니까?"

세자가 잠깐 고심하다 결정했다.

"매입 대금은 즉시 지급하는 게 좋겠군요. 그래야 우리 조선을 유럽이 다시 보는 계기가 될 터이니까요. 상무사의 박 대표께 내가 조치하라 일러두겠습니다."

"알겠습니다. 그러면 소인이 퐁디셰리로 가서 매입 대금을 전해 주겠사옵니다."

"그렇게 하세요. 그리고 귀국길에 청국 광주를 들러 미국 특사를 데리고 오세요."

"이리로 데리고 올까요?"

세자가 고개를 저었다.

"아닙니다. 본토는 화란양행이 아니면 개방할 때가 아닙니다. 그들을 대양함대의 모항인 서귀포로 불러오세요. 그러면 내가 직접 내려가 그들과 협상을 하겠습니다."

옆에 있던 이원수가 펄쩍 뛰었다.

"저하! 험한 바다를 건너 서귀포까지 가시다니요. 절대 아니 되옵니다. 주상 전하께서도 결코 윤허하지 않으실 겁니다."

세자가 단호하게 끊었다

"그만하세요. 아바마마께 윤허는 내가 직접 받을 터이니 좌익위는 준비만 하세요. 그리고 이제는 나도 제주도는 왕복할 정도는 됩니다."

"하오나 바다는 너무도 위험하옵니다."

"걱정 마세요. 내가 솔선수범을 보여야 할 때입니다. 그래야 징병으로 발생하는 소소한 문제를 일거에 잠재울 수 있어요."

연초부터 시작된 징병이 큰 문제 없이 진행되고는 있었다. 그러나 아주 문제가 없는 것은 아니어서, 늘 이런저런 일이 발생하고 있었다.

그래서 세자는 자신도 위험을 감수하며 나랏일을 감당한다는 걸 알려 주고 싶었다. 그래야 온갖 핑계를 대며 기득권을 놓지 않으려는 일부 양반들에게 따끔한 경고가 될 수 있기 때문이다.

이원수도 더 반대하지 못했다.

그러고는 다른 문제를 짚고 나왔다.

"그런데 서귀포를 외부에 공개해도 문제가 없겠사옵니까?"

"좋은 기회입니다. 이번에 우리가 보유한 군사력을 대외에 알려야 해요. 특히 앞으로 국경을 맞댈 미국에게 우리의 대양 함대를 선보이면 그 자체로 충분한 의미가 있을 거예요."

마르코 반 바스턴이 적극 동조했다.

"좋은 생각이십니다. 미국은 그동안 해군이 없었습니다. 해안경비대가 고작이었지요. 그런 미국에 조선의 강력한 해

군력을 보여 주는 건 무력시위 이상의 효과를 거둘 수 있을 겁니다."

세자가 화란양행을 보고 당부했다.

"협정문에 따르면 매각 대금을 지급함과 동시에 협정 효력이 발생합니다. 프랑스는 사전에 뉴올리언스로 나폴레옹 통령의 특사를 파견한다고 되어 있고요. 그러니 귀사도 뉴올리언스를 경영할 준비를 서둘러 주었으면 합니다."

마르코 반 바스턴이 나섰다.

"염려 마십시오. 저희도 뉴올리언스 경영을 위해 유럽에서 이미 유능한 인재를 시장으로 선발해 놓았습니다. 병력도 본국에서 오백여 명을 함께 파견할 것이고요."

"오백 명이면 문제가 되지 않겠습니까?"

"탈레랑 외상이 도와주기로 했습니다. 프랑스는 현지에 남아 있는 스페인과 프랑스 병력의 지휘권을 우리에게 이양해 주기로 했습니다. 그래서 당장은 병력이 부족하지 않습니다. 그럼에도 병력이 부족하면 현지에서 충원할 계획입니다."

세자가 오도원을 바라봤다.

"탈레랑 외상에게 인사는 잘했겠지요?"

"물론입니다. 협정문에 서명한 당일 바로 지급해 주었습니다. 덕분에 병력 지원과 같은 배려도 받게 된 것이고요."

"잘하셨네요."

세자가 화란양행에게 당부했다.

"관리를 잘해 주시길 부탁드립니다. 스페인과 프랑스 병력을 지휘할 수 있다니 안심이네요. 그러나 갑작스럽게 화란양행이 등장하면 다소간의 혼란은 발생할 겁니다."

"각오하고 있습니다. 어떠한 일이 있더라도 뉴올리언스를 제대로 경영해 보이겠습니다."

"고맙습니다. 귀사가 초기 어려움을 잘 극복하면서 10년을 경영해 주세요. 그러면 약속대로 뉴올리언스의 일부 지역을 할양해 드릴 겁니다. 아울러 시정 위임도 10년이 더 늘어날 것이고요."

마르코 반 바스턴이 고개를 숙였다.

"본사를 믿어 주셔서 감사합니다. 그런데 우리 화란양행이 언제까지 뉴올리언스 시정을 위임받을 수 있는 겁니까? 그리고 루이지애나 개발은 언제부터 시작할 계획인지요?"

세자가 놀라운 발언을 했다.

"10년 단위로 재계약은 합니다. 그러나 화란양행의 도시 경영에 문제가 없다면 그대로 지속해 나갈 생각입니다. 그러니 장기 계획을 수립해서 경영해도 무방합니다."

마르코 반 바스턴이 크게 놀랐다.

"우리가 실책만 범하지 않으면 시정을 언제라도 저희가 전담할 수 있단 말씀입니까?"

세자가 분명하게 밝혔다.

"그렇습니다. 알겠지만 나는 한 번 뱉은 말은 반드시 책임

개혁군주

을 지는 사람임을 잊지 마세요."

"아! 감사합니다. 생각지도 않은 배려, 진심으로 고맙습니다."

"아닙니다. 화란양행과는 처음부터 함께할 생각을 갖고 있었습니다. 그리고 현실적인 문제를 놓고 봐도 화란양행이 적임자이고요."

"유럽 이민자들 때문에 그러시군요."

"그렇습니다. 유럽은 아직도 인종차별이 만연한 사회입니다. 그런 유럽의 인식이 바뀌려면 적어도 수십 년은 지나야 할 겁니다. 아니, 더 많은 시간이 걸릴 수도 있고요."

마르코가 희망적인 의견을 냈다.

"조선이 강대국으로 거듭나 유럽 열강과 어깨를 나란히 할 정도가 되면 상황은 많이 변할 겁니다. 지금도 유럽에서 조선으로 이주하는 과학자들과 기술자들이 이전보다 급증하고 있지 않습니까?"

세자도 이 부분은 동조했다.

"그 말은 맞습니다. 과학자와 기술자의 이주가 이전보다 많이 늘어난 게 사실이에요. 그래서 개혁에 박차를 가할 수 있는 것이고요. 거듭 부탁드리지만 뉴올리언스는 누구나 인종에 관계없이 평등하게 살 수 있는 도시로 만들어 주어야 합니다. 그러기 위해서는 어느 이민자라도 우대하는 정책도 수립해서 세계 최고의 자유도시로 거듭나게 해 주세요."

마르코 반 바스턴이 다짐했다.

"그렇게 되도록 최선의 노력을 다하겠습니다."

"감사합니다. 그리고 루이지애나의 본격적인 개발은 본국이 대업을 마치는 몇 년 후부터 시작할 겁니다. 물론 그 전에 선발대 몇천 명 정도는 보낼 것이고요."

시몬스가 나섰다.

"선발대를 뉴올리언스로 보내실 겁니까?"

세자가 고개를 저었다.

"아닙니다."

세자가 일어나 벽면의 지도로 다가갔다. 모두의 시선이 지도로 쏠렸다.

지도에서 세자가 북미 지역의 한 부분을 짚어 나갔다.

"북미의 태평양 연안에는 무주 지역이 있어요. 바로 이곳, 캘리포니아 북부 일대로, 우리는 선발대를 먼저 보내 이 지역에 거점을 마련할 겁니다. 그런 뒤 로키산맥을 넘어 루이지애나로 넘어갈 거예요. 그리고 남쪽으로도 진출을 할 것이고요."

시몬스의 눈이 커졌다.

"남쪽은 스페인 부왕령입니다. 그런 지역으로 병력이나 이주민을 보낸다는 건 스페인과의 마찰을 각오하는 행위입니다."

세자가 웃었다.

"사람이 많이 살면 그렇게 되겠지요. 그런데 우리가 파악

개혁군주

한 바로는 다행히 그렇지 못합니다. 스페인은 캘리포니아 지역을 거의 방치해 두고 있었어요. 그러다 이십여 년 전부터 해안에 요새를 마련한 게 고작입니다. 그런 요새도 몇 개 되지 않을뿐더러 인구도 수백에 불과하고요."

시몬스가 거들었다.

"그 지역도 루이지애나처럼 무주공산이나 마찬가지네요."

"예, 지금은 그래요."

마르코 반 바스턴이 핵심을 짚었다.

"세자께서는 이주민을 대거 보내 캘리포니아를 개척하면서 스페인과 협상을 하시려는 거군요."

"바로 그렇습니다."

세자가 루이지애나를 짚었다.

"우리는 이미 루이지애나지역을 매입한 전력이 있어요. 그런 우리가 몇 년 만에 10만 이상을 이주시켜 남진한다면 스페인은 어떻게 대응할까요?"

"전쟁 아니면 협상이겠지요."

"맞아요. 그런데 캘리포니아 일대를 통치하고 있는 누에바에스파냐 부왕령이 스페인 지배에서 벗어나기 위해 독립을 시도한다면 어떻게 될까요?"

시몬스의 눈이 커졌다.

"독립하려는 세력을 지원하시려는 겁니까?"

세자가 고개를 저었다.

"아닙니다. 그런 상황을 적극 활용해 스페인에서 캘리포니아 지역을 매입할 겁니다. 저들이 독립을 쟁취하기 전에요."

곳곳에서 탄성이 터졌다.

마르코 반 바스턴이 격찬했다.

"대단하십니다. 상황이 그리되면 스페인도 쉽게 거절하기 어렵겠습니다."

오도원이 문제를 제기했다.

"저하! 그리되면 식민지에서 독립한 나라가 우리를 상대로 반환 투쟁을 벌일 가능성이 높습니다."

세자가 고개를 저었다.

"그렇게 되지 않도록 만들어야지요."

시몬스가 제안했다.

"세자 저하! 본격적인 이주가 시작되면 바타비아인들도 합류시키십시오. 바타비아에는 숙련된 노동력이 상당히 많습니다. 그들을 합류시킨다면 노동력 확충에 큰 도움이 될 것입니다. 그리고 우리가 훈련시켰던 현지 병력도 수만 명이나 됩니다. 그런 병력은 당장 활용이 가능합니다."

세자가 즉석에서 동의했다.

"좋은 의견이네요. 그 문제는 본격 이주가 결정될 즈음 따로 논의하지요. 우선은 선발대를 보내 거점부터 확보해야 합니다."

"알겠습니다."

세자가 화란양행 사람들을 둘러봤다.

"이번 협상을 성공으로 이끈 그대들에게 포상을 추가하고 싶습니다. 무엇을 해 주면 좋겠습니까?"

마르코 반 바스턴이 고개를 저었다.

"아닙니다. 세자 저하께서 약속하신 뉴올리언스 경영만 해도 충분합니다. 더욱이 10년 후에는 일부 지역을 우리에게 할양하기로 약속까지 해 주셨지 않습니까?"

세자가 고개를 저었다.

"아닙니다. 이번 협상은 화란양행이 결정적 역할을 했어요. 그래서 그 정도로는 부족한 거 같아서 드리는 말이에요."

화란양행 직원들이 서로를 보며 술렁였다. 생각하지 않은 제안에 쉽게 의견이 모이지 못했다.

마르코 반 바스턴이 나섰다.

"그러시면 상해를 개발하실 때 처음부터 우리를 동참시켜 주십시오."

"상해 개발을 함께하자고요?"

"아닙니다. 전부를 함께할 수는 없습니다. 저하께서도 그걸 승낙하지 않으실 거고요."

"그러면 어떻게 해 주면 됩니까?"

"일부 지역을 지정해 주셨으면 합니다. 면적은 우리 상선 몇 척이 무상으로 드나들 수 있을 정도면 되고요. 그렇게 해 주신다면 그 공사 비용을 우리가 부담해 항구를 건설하겠습니다."

"화란양행 전용 부두를 만들겠다는 말이군요."

"가능하겠습니까?"

"음! 나쁘지 않은 생각이네요. 그렇게 하려면 직원들이 상주할 수 있는 땅도 필요하겠군요. 창고도 제법 넓게 지어야할 거고요."

마르코가 반색을 했다.

"그렇게까지 배려해 주신다면 더 바랄 게 없습니다. 만일저하께서 그렇게 배려해 주신다면 우리 회사의 본거지를 아예 상해로 이전하겠습니다."

세자가 즉석에서 승인했다.

"알겠습니다. 적당한 면적은 서로 협의하지요."

"감사합니다."

생각지도 않은 선물에 화란양행 사람들의 얼굴이 환해졌다.

세자가 정리했다.

"자! 이제부터 뉴올리언스 경영에 대해 의견을 나눴으면합니다."

"좋습니다."

이날 세자는 다양한 주문을 했다.

그런 주문 대부분은 인종차별 철폐와 관련되어 있었다. 그러면서 도시 발전에 필요한 전폭적인 지원도 약속해 주었다.

화란양행은 세자의 계획을 살짝 엿봤다. 그래서인지 이전보다 훨씬 더 열정적이 되었다.

❀

다음 날.

세자는 국왕이 상참을 막 마친 시간을 골라 편전을 찾았다. 미리 연락을 해 둔 탓에 편전에는 삼정승과 중신들이 기다리고 있었다.

국왕이 그 점을 지적했다.

"오늘은 무슨 일이기에 중신들을 기다리게 한 것이더냐?"

"징병에 대한 중간보고와, 중요한 말씀을 드리려고 미리 청을 넣었사옵니다."

"허허허! 우리 세자가 이제는 제법 예의를 아는구나. 더구나 따로 보고할 일이 있다니, 그게 무슨 일인지 과인도 기대가 무척 되는구나."

영의정 이병모도 거들었다.

"신들도 기대감으로 많이 설레었습니다. 저하께서 무슨 말씀을 해 주실지 궁금해서요."

좌의정 이시수도 동조했다.

"영상대감의 말씀대로입니다. 오늘은 늘 신들에게 새로운 세상을 보여 주신 저하에 대한 기대감이 충만하옵니다."

"하하하!"

"하하하!"

편전이 한바탕 웃음소리로 가득했다. 세자도 그런 분위기에 맞춰 환하게 웃으며 동조해 주었다.

잠시 후.

세자의 보고가 시작되었다. 군정 개혁은 그동안 진행된 개혁의 마침표라 할 정도로 중요했다.

그래서 아침마다 진행 상황이 보고되고 있었다. 그 바람에 세자의 보고는 의외로 짧게 끝났다.

"……이어서 상무사가 지난 2년 동안 비밀리에 추진해 온 과업을 발표하겠습니다."

2년이란 말에 중신들이 술렁였다.

국왕은 전날 밤 문안 인사 때 보고를 들었다. 그럼에도 처음 듣는 사람처럼 눈을 빛냈다.

세자가 숨을 고르고는 설명을 시작했다. 설명은 그리 오래 걸리지 않았다. 그러나 그 내용이 너무도 충격적이어서 편전은 한동안 침묵에 잠겨야 했다.

그런 침묵을 영의정 이병모가 깼다.

"후! 정말 놀라운 일이군요. 그런 작업이 비밀리에 진행되고 있을 줄 꿈에도 몰랐습니다. 그런데 루이지애나가 정확히 어디에 있사옵니까?"

세자가 손짓을 했다.

김 내관이 조심스럽게 나와서는 나무 받침을 설치했다. 그

개혁군주

러고는 그 위에 가져온 세계지도를 펼쳤다.

"바로 이곳입니다."

세자가 짚은 지점을 보며 술렁였다. 편전의 대신들로서는 전혀 의외의 지역이었기 때문이다.

이시수가 나섰다.

"저하! 그 지역은 북미 대륙이고, 또 우리 조선과는 너무도 멀리 떨어져 있습니다. 그런 지역을 무엇 때문에 매입을 하신 것이옵니까?"

모두가 궁금해하는 부분이었다.

세자가 설명했다.

"여러 대신께서 왜 이 먼 지역을 매입했는지 많이 의아하실 겁니다. 제가 루이지애나를 매입하게 된 근본 이유는 세상의 변화를 우리가 주도하기 위해서입니다."

이시수가 곤혹스러운 표정을 지었다.

"세상의 변화를 우리가 주도하다니요? 그게 정녕 가능한 일이옵니까?"

"물론입니다. 내가 이 땅을 매입하면서 변화는 이미 시작되었습니다. 그렇게 시작된 변화는 지금 당장은 크게 느껴지지 않을 거예요. 그러나 시간이 지나면서 점점 더 변화는 커질 것이고, 종내는 세상에 엄청난 여파가 미칠 거예요."

"저하로 인해 만들어진 변화이니 분명 좋은 쪽이겠군요."

"물론이지요. 그리고 이 지역은 거의 비어 있는 땅입니다."

세자가 북미 대륙 북부를 짚어 나갔다.

"이 일대는 사람이 거의 살지 않으며 원주민도 별로 없는 땅이지요. 그래서 저는 바로 이 지역부터 개척을 시작하려고 합니다."

이어서 세자가 개척을 비롯한 북미 개발계획을 설명했다. 이 설명에 국왕도 놀라고 중신들도 크게 놀랐다.

이번에는 국왕이 나섰다.

"태평양을 내해로 만들겠다는 계획은 일견 허무맹랑하게 들렸었다. 그런데 네 말대로 개척을 해 나가면 어마어마한 영토를 얻을 수 있겠구나. 더불어 진정으로 태평양을 내해로 만들 수도 있겠어."

"그렇사옵니다. 우리가 대업을 완수하고 나면 바로 추진해야 할 과업이 북미 개척입니다."

이병모가 문제를 지적했다.

"저하의 계획대로 동양 각국의 백성들을 대거 이주시킨다면 크게 혼란스럽지 않겠습니까?"

"강력하고 확실한 지도력을 발휘해서 그들을 이끌어야 합니다. 그래야 북미 지역을 우리가 확실히 장악할 수 있습니다. 대업이 완수되면 우리는 지금과는 전혀 다른 환경을 접하게 됩니다. 가장 큰 변화는 나라 안에서도 말이 통하지 않게 되는 경우가 발생하게 되지요."

모든 대신이 고개를 끄덕였다.

세자가 편전을 둘러보며 목소리를 높였다.

"나라가 안정되기 위해서는 백성들의 통합이 가장 중요합니다. 대업이 완수됨과 동시에 강력한 통합 정책을 실시해야 하며, 그 첫 번째 과제가 우리말의 교육과 전파입니다. 이는 북미 지역도 마찬가지여서, 이주계획이 수립되면 먼저 그 작업부터 실시할 것입니다."

호조판서가 우려를 나타냈다.

"그런 작업을 진행하려면 엄청난 예산이 들어갑니다. 그런데 우리는 지금부터 온 국력을 모아 대업을 추진해야 하는데, 북미 개척을 병행할 수 있겠사옵니까?"

"그 점은 조금도 걱정 마세요. 상무사는 이미 거기에 맞춰 상당한 예산을 별도로 준비해 두었습니다. 그러니 개척단 파견에 필요한 비용은 전부 상무사가 준비할 겁니다."

세자가 설명했음에도 중신들은 하나같이 실감하지 못했다.

그런 중신들을 보며 세자가 놀라운 설명을 이어 나갔다.

"이번에 매입한 영토의 끝에는 도시가 하나 있습니다. 뉴올리언스라는 이름의 도시지요. 이 도시는 북미 대륙 중심 지역의 교통 요지입니다. 그래서 바로 옆에 있는 미국의 국익에도 큰 영향을 끼치는 거고요."

세자가 미시시피와 뉴올리언스의 관계를 설명했다. 대신들은 전체적인 상황은 이해를 못 했으나, 뉴올리언스 문제는 어렵지 않게 알아들었다.

이시수가 정리했다.

"우리가 미시시피란 강의 항행 권리를 미국에 양보해야 문제가 해결되겠사옵니다."

"그렇습니다. 우리에게는 체감할 수 없는 상황이지만, 미국에게 항행 권리는 막중대사입니다. 그래서 그 문제를 상의하기 위해 미국 특사가 유럽의 프랑스를 방문했었습니다."

세자가 지도를 짚으며 설명했다.

"그런데 우리가 영토 매입 계약을 체결하면서 그들의 계획은 실패로 돌아갔습니다. 뉴올리언스 문제를 반드시 해결하라는 대통령의 명을 받은 미국 특사는 난감할 수밖에 없는 상황이 되었고요. 그래서 고심하다 우리 특사를 따라 청국 광주로 넘어올 수밖에 없었습니다."

세자가 미국 특사의 항해를 짚었다.

미국에서부터 영국을 거쳐 프랑스로, 그리고 아프리카로 내려와 희망봉을 돌아 인도의 퐁디셰리, 이어서 청국 광주까지, 그야말로 엄청난 거리였다.

편전이 탄성으로 가득했다.

"오!"

"이야! 완전히 세상을 한 바퀴 돌았구나."

"허허! 저렇게 먼 거리를……."

대신들의 반응이 제각각이었다. 그런 대신들의 얼굴에는 안타까움과 뿌듯한 표정이 겹쳤다.

세자는 그런 대신들에게 폭탄을 던졌다.

서귀포조약

　세자가 지도의 한 곳을 짚었다.

　"저는 미국 특사를 직접 만나려고 합니다. 바로 이곳, 제주도의 서귀포에서요."

　편전이 발칵 뒤집혔다.

　국왕도 크게 놀랐다. 전날 미국 특사에 대한 보고는 받았지만, 서귀포는 금시초문이었다.

　"세자야. 네가 직접 서귀포로 내려가겠다는 말이냐?"

　"아바마마께서 윤허해 주시면 직접 내려가 그들을 만나 보려고 하옵니다."

　국왕이 불가하다고 말하려 했다.

　그러나 예조판서 이만수가 먼저 강력하게 반대하고 나섰다.

"절대 아니 되옵니다. 저하께서는 이 나라의 국본이십니다. 장차 보위를 이으셔야 할 저하께서 바다로 나가시다니요. 천부당만부당이옵니다."

여러 대신이 다투어 반대했다.

조선의 사대부들은 지금까지 세상을 극단적으로 좁게 보며 살아왔다. 그런 사고로 인해 함경도조차도 멀고 험하다고 생각해 왔다.

그런 대신들에게 태평양 너머의 땅은 현실감이 크게 없었다. 그것도 엄청난 산맥을 넘어야 도달하는 루이지애나는 솔직히 별 관심이 없었다. 단지 세상이 바뀌게 되었다는 세자의 역설에 관심을 기울이는 정도였다.

그러나 세자가 배를 타고 서귀포까지 내려가는 문제는 현실이었다.

이런 대신들의 반응에 세자는 묵묵부답했다. 처음에는 강력하게 반대하던 대신들도 이상하다는 느낌을 받으면서 하나둘 입을 다물었다.

편전이 묘한 정적이 감돌았다.

그런 적막을 국왕이 깼다.

"세자야."

"예, 아바마마."

"대신들이 네 제안에 적극 반대했다. 그런데 너는 어찌하여 아무 답변도 하지 않는 거냐?"

세자가 몸을 숙였다.

"아바마마. 소자는 크게 아쉽사옵니다."

국왕은 세자의 내심이 짐작되었다. 그러나 모른 척하며 질문했다.

"무엇이 너를 그렇게 아쉽게 만들었느냐?"

"지금까지 추진해 온 개혁이 놀라운 성과를 거두고 있는 이유는 오직 하나입니다. 우리 모두가 합심했기 때문입니다. 왕실과 조정은 사심 없이 개혁을 선도해 왔습니다. 백성들은 이런 왕실과 조정을 믿고 따라와 주었고요. 이번의 군역 개편도 마찬가지입니다. 아바마마의 윤음으로 왕실 자제들이, 조정 중신의 자제들이 먼저 징병검사를 받았습니다."

국왕이 동조했다.

"좋은 지적을 했다. 군역 개편이 이처럼 큰 탈 없이 진행될 수 있었던 데에는 왕실과 조정 중신들의 솔선수범이 아주 큰 역할을 했다."

"그렇사옵니다. 그래서 소자도 열여덟이 되어 징병 대상이 되면 떳떳이 입대를 할 생각입니다."

국왕이 크게 놀랐다.

"세자도 군 복무를 하겠다는 말이냐?"

"그러하옵니다. 소자의 처지가 있어 일선 근무는 할 수 없겠지만, 당당히 훈련을 받고서 군 복무를 하고 싶사옵니다. 그래야 개편된 징병제도의 취지에 부합되옵니다. 그리고 갖은 핑계를 대며 병역을 회피하려는 자들에게 경종을 울릴 수도 있고요."

놀랍고도 충격적인 발언이었다.

중신들은 크게 술렁였으나 누구도 안 된다고 나서지 못했다. 세자의 발언이 원칙이고, 자신의 자식들도 거기에 따라 징병검사를 받았기 때문이다.

국왕이 잠시 고심했다.

그러고는 폭탄선언을 했다.

"세자의 생각이 옳다. 병역은 이제 온 백성의 의무가 되었다. 그런 병역을 세자라고 해서 예외를 적용할 수는 없으니 입대함이 마땅하다."

중신들은 크게 놀랐다.

국왕이 세자의 입대를 윤허했다. 과거였다면 감히 상상할 수도 없는 일이 일어난 것이다.

혹시나 하는 생각을 했던 중신들은 조금 전보다 더 크게 술렁였다. 이런 와중에 눈치가 빠른 중신들은 세자의 의도를 알아챘다.

세자가 몸을 숙였다.

"소자의 청을 받아 주셔서 황감하옵니다."

"아니다. 과인이 잠시 너를 이전처럼 나약하게 생각했구나. 장차 대국이 될 조선의 세자라면 당연히 만백성의 모범이 되어야 하는 게 맞다."

"명심하겠사옵니다."

세자가 중신들을 돌아봤다.

"여러분께서는 조금 전의 설명이 아직은 체감이 덜하실 겁니다. 루이지애나니 북미니, 전부 태평양 너머에 있는 땅이니까요. 그러나 이번 협상은 우리 조선의 미래가 걸린 일입니다. 특히 태평양의 주도권을 누가 장악하느냐 하는, 너무도 중대한 전환점이 되는 협상입니다. 그런 중차대한 협상이기 때문에 제가 직접 나서려는 겁니다."

누군가 나서려 하자 세자가 제지했다.

"여러분을 믿지 못해서가 아닙니다. 우리 조선은 서양에 아직까지 크게 알려지지 않았습니다. 그래서 세자인 내가 직접 나서서 우리 조선이 있음을 알리려는 겁니다. 더하여 서귀포의 대양함대도 세상에 첫선을 보이려는 것이고요."

국왕이 거들었다.

"우리의 수군 군사력을 대외에 공표하겠다는 생각인 게로구나."

"예, 아바마마. 그래야 앞으로 서양 제국이 우리 조선을 쉽게 보지 않게 됩니다."

중신들이 아무 말을 못 했다.

잠시 그런 중신을 바라보던 국왕이 결정했다.

"좋다. 가 봐라. 가서 그들에게 조선의 세자가 어떤 사람인지 당당히 알려 주고 오너라."

세자가 정중히 몸을 숙였다.

"소자의 청을 들어주셔서 황감하옵니다. 미국 특사가 누구건 반드시 국익을 위해 최선의 성과를 얻어 오겠사옵니다."

"오냐. 그렇게 하라. 그리고 돌아오는 대로 선발대를 구성해 북미 개척을 시작해 봐라."

국왕의 발언에 세자가 놀랐다.

"바로 말이옵니까?"

"그렇다. 엄청난 자금을 주고 매입한 땅을 놀릴 수는 없지 않겠느냐. 더구나 북미 대륙의 태평양 방면은 아직 무주공산이라고 하니 더없이 좋은 기회인 듯하구나."

세자도 바로 선발대를 보내려고 했었다. 그러나 국왕이 먼저 적극적으로 나오자 슬쩍 물러서며 국왕의 발언에 힘을 실어 주었다.

"소자는 시간을 두고 추진하려 했사옵니다."

국왕이 고개를 저었다.

"아니다. 지금이 적기가 맞다. 지난해 해방된 노비 중에 제대로 안착하지 못한 자들이 꽤 많은 것으로 안다. 그 전에 해방되었던 공노비들도 마찬가지고. 과인은 그런 백성들에게 새로운 세상을 열어 주고 싶구나. 그러니 최대한 백성들을 고려한 정책을 입안해 이주를 추진해 봐라."

세자가 일부러 자책했다.

"황송하옵니다. 소자는 미처 그런 백성들의 어려움을 챙겨 주지 못했사옵니다. 아바마마의 하교대로 그들을 적절히

개혁군주

인도한다면 이주 정책이 의외로 쉽게 자리를 잡아 갈 수 있겠사옵니다."

국왕이 너털웃음을 터트렸다.

"허허허! 모든 일을 다 잘할 수는 없다. 그러니 너무 자책 마라. 과인도 네 말을 듣고 갑자기 떠오른 생각이니, 세부적으로 다듬어야 할 사안이 하나둘이 아닐 것이다."

세자가 다짐했다.

"아바마마께서 하교하신 일이니만큼 최선을 다해 좋은 결과를 만들어 보겠사옵니다."

"오냐. 그렇게 해 봐라."

세자가 편전을 나오자마자 지시했다.

"김 내관은 지금 즉시 유생들을 집결시켜라. 그리고 여의도로 사람을 보내 외숙을 모셔 와라."

"예, 알겠습니다."

세자는 서둘러 동궁으로 올라갔다. 김 내관도 세자의 등에 몸을 숙이고는 급히 몸을 돌렸다.

❁

로버트 리빙스턴(Robert R. Livingston)은 청국 광주의 미국 상관 2층에서 창밖을 내다보고 있었다. 그는 머릿속이 복잡해 연신 한숨을 내쉬었다.

로버트 리빙스턴은 변호사이며 정치인으로, 미합중국 독립선언서를 기초한 5인 중 한 명이다. 그런 그가 특사가 된 것은 3대 대통령인 토머스 제퍼슨의 요청을 받아서였다.

그의 옆으로 누군가 다가왔다.

"로버트. 무슨 한숨을 그렇게 내쉽니까?"

그는 고개도 돌리지 않았다. 반년 넘게 함께해 온 제임스 먼로(James Monroe)의 목소리였기 때문이다.

"제임스. 내가 지금 잘하고 있는지 모르겠어."

"여기에 온 걸 후회하십니까?"

리빙스턴이 고개를 저었다.

"솔직히 그래. 지금 공연한 짓을 하는 거 같아서 말이야. 대통령의 간절한 요청이 있었다고 해도, 여기까지 올 필요가 없었다는 생각이 들어. 더구나 아무 준비도 없이 조선이란 나라를 상대하는 일도 걱정이 되고 말이야."

제임스 먼로가 위로했다.

"그런 생각 마세요. 대통령께서 의회 인준까지 받아서 우리를 파견했습니다. 뉴올리언스 매입이 그만큼 국가적으로 중요한 일이란 걸 로버트도 잘 아시잖아요."

"그렇기는 하지만……."

"특명을 받은 우리는 어떤 일이 있더라도 해결해야 합니다. 그러지 않으면 남부는 크게 혼란해집니다. 이제 겨우 나라가 안정되었는데 그러면 큰일 아니겠습니까?"

"후! 그렇기는 하지."

"조선이란 나라가 루이지애나를 매입할 줄은 누구도 예상하지 못한 일입니다. 오죽했으면 유럽이 발칵 뒤집혔겠습니까?"

"그건 그래. 나도 그 말을 듣고 얼마나 어이가 없었던지. 그렇다고 해도 이게 무슨 꼴인가? 생전 알지도 못한 조선과 협상을 하려고 지구를 한 바퀴 돌았잖아."

"좋게 생각하세요. 우리 상선도 여기까지 오려면 남미 대륙 끝까지 내려가 마젤란해협을 건너 태평양을 가로지릅니다. 하물며 나라의 큰일을 하는 우리가 어디인들 못 가겠습니까?"

두 사람이 바라보는 부두에는 미국 선적의 범선 두 척이 정박해 있었다. 그런 선박 중 한 척의 선원들이 무거운 짐을 하역하고 있었다.

미국에서 온 무역선이었다. 그 모습을 본 리빙스턴이 마음을 다잡았다.

"고생하는 우리 선원들을 보니 나약한 생각을 하는 내가 공연히 미안해지네."

"예. 바다에서 고생하는 저들을 위해서라도 반드시 좋은 결과를 갖고 돌아가야 합니다."

"그래야겠지. 그런데 조선은 언제 연락해 준다고 하던가?"

"조선의 무역선이 열흘 전에 귀환했으니 곧 연락이 올 겁니다."

"후우! 여기까지 온 이상 협상이 잘되어야 할 터인데, 걱정이야."

"그나저나 정말 의외였습니다. 프랑스와의 뉴올리언스 매각 협상에 조선이 갑자기 튀어나올 줄 누가 알았겠습니까?"

"그러게 말이야. 그래서 너무 궁금해. 이런 일을 계획한 사람이 도대체 누구인지 말이야."

"여기서 소문을 들어 보니, 조선의 세자가 천재라고 합니다. 혹시 이 모든 일을 그 세자가 꾸민 건 아닐까요?"

리빙스턴이 고개를 저었다.

"그게 가능한 일일까? 나도 소문을 들었는데, 조선의 세자는 이제 겨우 열다섯이라고 했어. 그렇게 어린 세자가 세상을 알아봐야 얼마나 알겠어."

"이치적으로는 로버트의 말이 맞습니다. 그런데 요즘 유럽과 우리 미국에서 폭발적인 인기를 끄는 대부분의 공산품을 세자가 만들었다고 합니다. 그 말을 듣고 얼마나 놀랐는지 모릅니다."

리빙스턴도 고개를 끄덕였다.

"그건 나도 그래."

이때였다.

땡! 땡! 땡! 땡!

부두 입구에서 급박한 종소리가 들렸다.

열흘을 머물다 보니 두 사람은 그 종소리가 배가 들어온다는 신호란 걸 알게 되었다. 두 사람의 고개는 동시에 항구 쪽으로 돌아갔다.

그리고 얼마의 시간이 흘렀다. 기대감을 갖고 바라보던 두 사람의 표정이 동시에 환해졌다.

제임스 먼로가 소리쳤다.

"마스트에 조선 국기가 걸려 있습니다."

"나도 봤네."

두 사람은 태극기를 보는 것만으로도 기뻐했다. 그만큼 두 사람은 기다림에 지쳐 가고 있었다.

잠시 후.

미국 상관으로 오도원이 다가왔다. 리빙스턴과 제임스 먼로는 오도원의 당당함과 복장에 놀랐다.

"의외네요. 동양인이 저런 복장을 하고 있을 줄 몰랐습니다."

"그러게 말이야."

이들은 오도원의 당당한 모습을 입에 올리지는 않았다. 그러나 왠지 이번 협상이 쉽지 않을 거 같다는 느낌에 안색이 어두워졌다.

잠시 후 오도원이 2층으로 올라왔다.

미국 상관 직원이 오도원을 먼저 소개했다. 이어서 오도원이 능숙한 영어로 자신을 소개하며 손을 내밀었다.

"반갑습니다. 조선의 왕실 직할 상단인 상무사의 부대표 오도원이라고 합니다."

리빙스턴과 제임스 먼로는 깜짝 놀랐다. 그 바람에 인사하는 타이밍을 잠깐 놓쳤다.

오도원이 씩 웃으며 자신의 손을 바라봤다.

그 모습에 당황한 리빙스턴이 얼른 나섰다.

"실례했습니다. 본관은 미합중국 대통령의 특명을 받은 로버트 리빙스턴이라고 합니다."

이러면서 서둘러 오도원의 손을 잡았다.

오도원은 그와 악수를 마치고는 제임스 먼로를 바라봤다.

제임스 먼로도 서둘러 자신을 소개했다.

"처음 뵙겠습니다. 미합중국 버지니아 주지사였던 제임스 먼로라고 합니다."

"아! 주지사님이셨군요."

제임스 먼로의 눈이 커졌다.

"주지사란 직위를 아십니까?"

"물론입니다. 본국에서는 주가 아니고 도이며, 주지사를 관찰사라고 합니다."

미국에 대한 상식은 세자가 알려 주었다.

덕분에 오도원이 너무도 능숙하게 설명할 수 있었다. 그런 설명을 들은 제임스 먼로는 얼결에 고개를 끄덕여야 했다.

"그렇군요."

리빙스턴이 나섰다.

"우선 이리로 앉으시지요."

"감사합니다."

세 사람이 자리에 앉는 것을 보고는 미국 상관 직원이 홍차를 내왔다.

리빙스턴이 정중히 권했다.

"드시지요."

"감사합니다."

오도원이 능숙하게 홍차에 설탕을 적당히 넣어서 저었다. 그리고 찻잔을 들어 한 모금 마시고는 칭찬했다.

"차 맛이 훌륭하군요."

미국 상관 직원이 설명했다.

"안휘성의 기문(祁門)에서 생산되는 최고급 찻잎으로 만든 차입니다."

"역시 그래서 차에서 난초 향이 나는군요."

리빙스턴이 놀라워했다.

"부대표께서는 차에 대해 잘 아시나 봅니다."

"하하! 아닙니다. 대외 교역을 오래 하다 보니 차에 대해 조금 알게 된 것뿐입니다."

오도원이 자신이 알고 있는 중국 삼대 명차에 대해 설명했다.

영국에서 독립한 지 얼마 안 된 미국인들도 홍차를 즐겨 마셨다. 그래서 미국 특사들도 홍차 상식에 대해 나름대로 잘 알고 있었다. 덕분에 잠시 홍차를 주제로 즐겁게 한담을 나누었다.

그러다 리빙스턴이 주제를 바꿨다.

"귀국은 동양 국가입니다. 그런 귀국이 어떻게 루이지애나를 매입했는지 궁금합니다."

오도원이 호탕하게 웃었다.

"하하하! 이상한 말씀을 하시네요. 동양 국가가 북미 대륙으로 진출하면 아니 됩니까?"

리빙스턴이 움찔했다. 그는 자신의 질문이 잘못되었다는 것을 알고는 급히 변명했다.

"그렇지는 않습니다. 하지만 너무 의외여서 이런 말씀을 드리는 겁니다."

"그러시군요."

오도원이 차를 한 모금 마셨다.

"서양에는 잘 알려지지 않았지만, 본국은 오래전부터 적극적으로 대외 진출을 해 왔었습니다. 그 일환으로 스페인으로부터 마리아나제도를 매입하기도 했고요. 물론 북미 대륙 진출도 꾸준히 준비를 해 왔고요. 그래서 하와이에도 진출했고, 북미의 태평양 연안도 십여 차례 정밀 탐사를 해 왔습니다. 그러던 차에 화란양행으로부터 루이지애나에 대한 정보를 입수하게 된 것이고요."

미국 특사 두 사람은 크게 놀랐다.

예상 못 한 설명에 제임스 먼로가 확인까지 했다.

"태평양 연안을 십여 차례 정밀 탐사했다고요?"

"물론입니다. 그래서 어느 나라보다 정확한 지도까지 보유하고 있지요."

"놀라운 일이군요. 그러면 그런 사실을 왜 공표하지 않은 겁니까?"

오도원이 싱긋이 웃었다.

"구태여 공표할 필요가 있습니까? 적당한 때가 되면 직접 진출하면 될 일인데요."

제임스 먼로가 펄쩍 뛰었다.

"무슨 소리를 합니까? 북미는 영국과 스페인이, 그리고 북쪽 알래스카에는 러시아가 이미 진출해 있는 상태입니다."

"그렇다는 말은 들었습니다. 하지만 그 나라들이 직접 대규모 개척단을 파견한 건 아니잖아요?"

"그렇기는 합니다만."

"그러면 우리가 먼저 진출해서 차츰 상황을 정리해 나가면 됩니다."

제임스 먼로는 어이가 없었다.

"다른 나라도 아닌 영국과 러시아입니다. 거기에 지금은 비록 국력이 이전만 못하지만 그래도 저력이 있는 스페인입니다. 그런 국가들을 어떻게 쉽게 정리한단 말인가요?"

오도원이 말을 정정했다.

"아! 정리라는 말에 오해가 있었군요. 제 말은 각국의 국익에 손해가 나지 않게 적절히 대화를 추진하겠다는 겁니다. 외교는 협상의 산물이라고 합니다. 우리 조선이 열린 마음으로 다가서면 상대 국가도 절대 거절하지 않을 겁니다."

제임스 먼로는 순간 말문이 막혔다. 개항도 하지 않은 나라가 너무도 쉽게 협상을 입에 올리고 있었기 때문이다.

그래서 그가 지적했다.

"외교 협상을 하려면 개항부터 해야 합니다. 그런데 조선은 아직 개항도 하지 않았잖습니까?"

오도원이 반문했다.

"개항하지 않았다고 해서 외교 협상을 하지 말라는 규정은 없습니다. 그뿐 아니라 대외 진출을 하지 못하라는 법도 없고요."

"그렇기는 합니다. 그러나 대부분의 나라에서는 개항과 대외 진출을 동시에 하는 게 상례입니다."

"그 말씀은 맞습니다. 하지만 본국은 내부 사정으로 아직은 개항을 하지 않고 있습니다."

제임스 먼로가 나섰다.

"아직이라면 곧 개항을 한단 말씀인가요?"

"그렇습니다. 본국은 지금 국가적으로 추진하고 있는 과업이 있습니다. 그 과업을 완수하면 개항할 것인데, 대략 본국이 북미로 본격 진출할 시기와 맞물릴 거 같네요."

리빙스턴이 나섰다.

"여기서 루이지애나를 가려면 남미 대륙을 돌아가야 합니다. 그렇게 멀리 떨어진 지역을 어떻게 관리를 하려 하십니까?"

"그 부분은 걱정하지 않아도 됩니다. 본국은 이미 그에 대한 방안을 모색해 놓은 상황입니다."

리빙스턴이 바짝 다가앉았다.

"혹시 그 방안이 무엇인지 알려 주실 수 있겠습니까?"

"어차피 알게 될 사실이니 알려 주지 않을 이유가 없지요. 본국은 뉴올리언스 경영을 화란양행에 위탁하려고 합니다."

리빙스턴이 어리둥절했다.

"화란양행이라니요? 송구하지만 화란양행이 무엇을 하는 회사입니까?"

"네덜란드동인도회사를 아십니까?"

"물론입니다. 너무도 잘 알고 있지요. 네덜란드의 대외 개척 특허권을 보유한 회사로 몇 년 전 해산하지 않았습니까?"

"그렇습니다. 그 동인도회사가 해산한 뒤, 그 구성원들이 다시 모여 만든 회사가 화란양행입니다."

이어서 화란양행과의 관계를 설명했다.

설명을 들은 리빙스턴의 안색이 크게 흐려졌다.

"우리는 뉴올리언스 문제를 해결하기 위해 파견된 특사입니다. 그런데 귀국이 화란양행에 뉴올리언스 경영을 위임했다면 상황이 이상하게 진행되고 있네요."

오도원이 고개를 저었다.

"너무 걱정하지 않아도 됩니다. 본국은 대외 정책을 세자 저하께서 전담하신다는 사실은 아십니까?"

"예. 그렇다는 말은 들었습니다."

"우리 세자 저하께서는 이미 2년 전에 루이지애나가 문제가 될 것을 예견하셨습니다. 그래서 전 바타비아 총독이신 화란양 행 대표께 프랑스와의 접촉을 시도하도록 부탁했었지요. 그리고 저를 특사로 파견해 매입 협상을 이끌게 했던 것입니다."

미국 특사 두 사람이 동시에 놀랐다.

제임스 먼로가 믿기 힘들다는 표정으로 반문했다.

"놀라운 일이군요. 귀국의 세자께서 우리보다 먼저 프랑스와 접촉을 하게 했단 말입니까?"

"그렇습니다. 파리에서 탈레랑 외상이 그런 말을 하지 않던가요?"

"하기는 했지만, 우리를 위로하는 말인 줄 알았습니다."

오도원이 웃었다.

"하하! 탈레랑 외상은 노련한 인물입니다. 그런 사람이 나중에 문제가 될 말을 할 리가 없지요."

리빙스턴이 나섰다.

"그러면 부대표께서 매입 협상을 주도하셨다는 말씀이군요."

오도원이 고개를 저었다.

"제가 나선 것은 맞습니다. 그러나 저는 우리 세자 저하께서 사전에 지시하신 대로 했을 뿐입니다. 모든 상황과 협상 결과는 우리 저하께서 계획하신 대로입니다."

"놀랍네요. 열다섯에 불과한 분이 어떻게 이런 일을 계획한단 말입니까?"

개혁군주

오도원이 크게 웃었다.

"하하하! 우리 조선에는 이런 말이 있습니다. 나이는 숫자에 불과하다고요. 우리 조선이 개혁을 시작한 지 10여 년입니다. 그런 개혁의 시작을 누가 했는지 아십니까?"

리빙스턴의 목소리가 떨렸다.

"귀국의 세자가 했단 말입니까?"

"그렇습니다. 불과 다섯에 불과하신 분이 지금의 상무사를 만드셨습니다. 그게 우리 조선 개혁의 시작이고요."

미국 특사 두 사람이 서로를 바라봤다. 그런 그들은 고개를 저으며 믿으려 하지 않았다.

오도원이 웃으며 설명했다.

"하하! 믿기지 않을 겁니다. 그러나 분명한 사실이지요. 그리고 그런 세자께서 여러분을 만나고 싶어 하십니다."

"예? 귀국의 세자께서 우리를요?"

"그렇습니다. 여러분이 맡은 임무를 해결해 드리려고요. 어떻게, 우리 저하를 만나 보시겠습니까?"

제임스 먼로가 바로 대답했다.

"당연히 만나야지요. 대통령의 특명을 해결하기 위해 파리에서 여기까지 온 우리입니다. 이번 일을 기획하고 집행하셨다는 분이 귀국의 세자라면 뉴올리언스 문제 해결의 결정 권한도 그분에게 있겠군요."

"물론입니다."

제임스 먼로가 리빙스턴을 바라봤다.

"가서 만나 보셔야지요?"

리빙스턴도 주저하지 않았다.

"그렇게 하세."

오도원이 장담했다.

"잘 결정하셨습니다. 장담하건대 여러분의 결정이 귀국의
국익에 반드시 도움이 될 것입니다."

리빙스턴도 바람을 숨기지 않았다.

"부디 그렇게 되었으면 좋겠습니다."

"자! 그럼 준비가 되는 대로 출발하시지요. 저는 그때까지
배에 가서 기다리겠습니다."

"알겠습니다. 우리도 바로 준비하겠습니다."

그리고 사흘 후.

두 척의 배가 서귀포로 접근했다.

서귀포 입구 문섬의 등대에서 햇빛을 이용한 신호가 전송되
었다. 그 신호를 본 새섬의 해안포대에서 비상종을 타종했다.

땡! 땡! 땡! 땡!

대양함대 사령관 부관이 함대 영빈관의 접견실로 들어왔다.
접견실에는 세자와 대양함대 사령관이 한담을 나누고 있었다.

"사령관님. 문섬으로 두 척의 범선이 접근해 오고 있다는 보고입니다."

세자가 일어나 창문으로 다가갔다.

대양함대 영빈관은 서귀포 건너편 언덕에 바다를 보고 세워져 있었다. 영빈관은 원래 위치도 높은데 석축을 높게 쌓아, 단층 건물이지만 전망이 탁월했다.

대양함대 사령관 임률(任律) 제독이 망원경을 권했다. 임률은 삼도수군통제사 출신으로 2대 대양함대 사령관으로 재직하고 있었다.

"저하! 망원경으로 확인하시지요."

"고맙습니다."

세자가 망원경으로 살피니, 두 척의 배에 걸린 국기가 선명해 보였다.

"우리 상무사와 미국의 범선이 맞네요."

임률도 망원경으로 살피다 동조했다.

"그러네요. 선두가 우리 배이고 뒤가 미국 선박이 분명하네요."

서귀포에 대양함대가 자리 잡은 지 10여 년이다. 그동안 서귀포 일대는 지형이 바뀔 정도로 변해 있었다.

항구 앞 두 개의 섬이 방파제로 연결되었다. 그런 방파제 맞은편으로 부두가 조성되면서 대형 범선이 정박할 수 있는 접안 시설이 갖추어졌다.

덕분에 수십 척의 범선 전함이 안전하게 정박할 수 있게 되었다. 이러한 항만 시설은 지금도 꾸준히 규모를 늘려 가고 있었다.

미국 특사들은 놀라지 않을 수 없었다.

이들의 눈앞에 펼쳐진 모습은 자신들이 생각하던 동양의 항구가 아니었다. 항구에는 수십 척의 대형 범선 전함이 선착장마다 정박해 있었다.

리빙스턴이 항구를 둘러봤다.

"놀라운 일이구나. 동양 국가에서 범선 전함을 수십 척 보유하고 있다니. 그것도 하나같이 천 톤이 훌쩍 넘는 규모야."

제임스 먼로도 가세했다.

"그러게 말입니다. 우리 미합중국도 보유하지 못한 대형전함이 저렇게 많을 줄 몰랐습니다. 항만 시설도 대단하고요."

리빙스턴의 표정이 심각해졌다.

"이 정도일 줄 몰랐어. 우리가 상대를 너무 몰랐던 거 같아. 아무래도 조선에 대한 생각을 전면적으로 수정해야 할 거 같아."

"예. 결코 만만하게 생각할 나라가 아닌 거 같습니다."

"으음!"

이들이 탄 범선은 항만으로 접근했다.

그러자 대기하고 있던 도선사가 배를 정확히 인도했다. 도선사들은 능숙하게 움직였으며, 그런 모습을 본 두 사람의 표정은 더 심각해졌다.

최고의 포석을 깔다

세자가 미국 특사를 당당하게 맞았다.

"어서들 오세요. 미합중국의 특사가 여기까지 오느라 고생이 많았습니다."

로버트 리빙스턴이 당황했다.

어리다는 말은 들었지만 실제로 만나 보니 예상보다 더 어려 보였다. 그런데 놀랍게도 세자가 너무도 능숙하게 영어로 인사를 했다.

그는 이내 정색을 하며 답례했다.

"아닙니다. 거리는 비록 멀었지만 기대가 많은 항해여서 결코 지루하지는 않았습니다."

"하하하! 그러셨군요. 그대의 바람대로 좋은 결실을 맺도록 노력해 봅시다."

"감사합니다. 저희도 그렇게 되도록 최선을 다하겠습니다."

기다리고 있던 오도원이 나섰다.

"저하. 미국 특사를 소개해 드리겠습니다."

오도원이 두 사람을 소개했다.

이어서 두 사람도 정식으로 자신의 약력을 간단히 소개했다.

세자는 내심 크게 놀랐다.

'이게 누구야. 제임스 먼로라니! 생각지도 않은 사람이 특사로 왔구나. 저 사람은 나중에 미국 대통령이 되어서 먼로 독트린을 발표했었잖아.'

제임스 먼로는 5대 대통령으로 미국의 외교정책에 큰 족적을 남긴다. 그는 아메리카에 대한 유럽의 간섭을 거부하는 외교정책 노선을 발표했다.

이 독트린이 발표되면서 유럽의 간섭이 크게 줄어들게 되었다. 이를 계기로 미국은 아메리카 대륙에 대한 영향력을 대폭 확대할 수 있었다.

세자가 생각했다.

'이번 협상을 최대한 활용해야겠다. 우리의 북미 진출에 큰 도움이 될 수 있게 말이야.'

이런 생각을 하며 특사를 높였다.

"대단한 분들이 특사로 오셨네요. 한 분은 뉴욕재판소 소장이었고, 다른 한 분은 버지니아 주지사이니 말입니다."

리빙스턴이 정중히 답례했다.

"고마운 말씀입니다."

"아닙니다. 양국의 첫 만남입니다. 이번 협상을 통해 양국의 우호가 증진되었으면 좋겠네요. 마찬가지로 두 분도 우리 조선에 대해 좋은 인상을 가져 주었으면 좋겠고요."

제임스 먼로가 나섰다.

"그렇게 되면 우리에게도 더없이 좋은 일이겠지요. 우리는 이번 협상이 좋은 결실을 맺을 수 있도록 최선을 다하겠습니다."

"하하! 그렇게 합시다. 자 앉으시지요."

"감사합니다."

제임스 먼로가 입을 열었다.

"그나저나 정말 놀랐습니다."

"무엇이 특사를 놀라게 했습니까?"

"청국 광주에서 조선의 세자께서 열다섯이라는 말을 들었습니다. 그런 세자께서 많은 일을 추진해 오셨고, 이번 일도 직접 관장하셨다고 해서요."

리빙스턴도 거들었다.

"직접 보니 소문보다 더 놀랐습니다. 솔직히 이렇게 어린 분이 영어를 능숙하게 해서 더 놀랐고요."

"하하하! 두 분이 좋게 봐주어서 고맙네요. 이거, 왠지 협상이 잘 진행될 거 같은 느낌이 듭니다."

"부디 그렇게 되었으면 좋겠습니다."

제임스 먼로가 정색을 했다.

"세자께서는 어떤 결과가 나와야 협상이 잘되었다고 생각하십니까?"

"어떤 협상이든 상대가 있어서 모두가 원하는 바를 얻을 수는 없어요. 그래서 서로 한발씩 양보하면서 서로의 이익을 얻어야 한다고 생각해요."

"으음! 그러시군요. 세자께서는 본국이 뉴올리언스를 매입하려 했다는 사실은 아십니까?"

"물론입니다."

제임스 먼로가 답답한 표정을 지었다. 그는 상황을 열거하며 아쉬움을 숨기지 않았다.

"그런데 우리는 시작하기도 전에 목표를 상실하고 말았습니다. 귀국이 루이지애나를 먼저 매입하는 바람에요. 그런데 오 부대표의 말에 따르면 뉴올리언스를 화란양행에 경영을 위탁했다고 하더군요. 이런 상황에서 우리 미합중국이 어떻게 최선의 결과를 얻을 수 있겠습니까?"

세자가 능숙하게 받아넘겼다.

"협상하기 나름이지요. 귀국이 진정으로 바라는 바는 뉴올리언스가 아니지 않습니까?"

제임스 먼로가 인정했다.

"맞습니다. 본국은 1795년 스페인과 체결했던 조약대로 미시시피강에서 자유롭게 운항할 권리와 뉴올리언스에 무관세로 화물을 일시 보관할 수 있기를 바랍니다. 그것도 항구적으로요."

세자가 바로 질문했다.

"역시 그게 문제였군요. 좋습니다. 우리 조선이 귀국의 조건을 들어준다면, 미국은 우리에게 무엇을 줄 수 있습니까?"

너무도 쉽게 긍정적인 말이 나왔다. 그럼에도 제임스 먼로가 바짝 다가앉으며 문제를 상기시켰다.

"먼저 아셔야 할 부분이 있습니다. 우리 미합중국은 스페인과 조약을 체결할 때 북위 31도를 플로리다와 뉴올리언스 경계로 정했습니다. 뉴올리언스에서 플로리다에 이르는 해안을 전부 스페인에 넘겨주게 되었다는 말입니다. 그래서 뉴올리언스가 아니면 멕시코만으로 진출할 길이 없어졌고요. 그런 양보를 했는데 이제 와서 다시 무엇을 더 내줄 수 있냐고 말씀하십니까?"

세자가 고개를 끄덕였다.

"그 부분은 걱정하지 않아도 됩니다. 본국은 최우선적으로 그 문제부터 해결해 드리지요."

"어떻게 말입니까?"

"우리는 뉴올리언스를 자유도시로 만들려고 합니다."

세자가 자유도시에 대한 구상을 밝혔다.

제임스 먼로가 눈도 깜빡이지 않고 경청할 정도로 큰 관심을 보였다.

"우리 미합중국 시민도 뉴올리언스에서 자유롭게 활동해도 된다는 말입니까?"

"물론이지요. 단, 앞으로 발표될 도시법과 시민으로서의 의무는 반드시 준수해야 하고요. 그리고……."

세자가 뉴올리언스 일대의 지도를 펼쳤다.

"미합중국이 멕시코만으로 진출할 수 있도록 뉴올리언스의 동부 해안 지역 일부를 양도할 용의가 있습니다. 그리되면 곡창지대인 남부 지역 농민들에게 큰 도움이 되지 않겠습니까?"

미국이 뉴올리언스를 매입하려는 이유 중 하나를 세자가 콕 짚어 해결해 주었다.

미국 특사 두 사람이 서로를 바라보며 놀란 표정을 지었다.

리빙스턴이 나섰다.

"놀랍습니다. 우리가 뉴올리언스를 매입하려는 까닭 중 하나가 멕시코만의 원활한 진출이었습니다. 그 점을 세자께서 정확히 짚어서 풀어 주실 줄 몰랐습니다."

제임스 먼로가 고개를 저었다.

"너무 놀라 정신이 없군요. 마치 우리의 속을 들여다본 것 같아 기분이 묘합니다."

세자가 웃었다.

"다른 생각 하지 마세요. 이 문제는 귀국이 뉴올리언스를 매입하려는 의도를 연구하다 보니 알게 된 사실입니다. 솔직히 이전에는 귀국이 멕시코만으로 진출할 수 없다는 사실을 몰랐습니다."

리빙스턴이 말을 받았다.

"그러셨군요."

세자가 상황을 설명했다.

"내가 아무리 외국 사정에 밝다고 해도 북미에서의 일을 전부 알 수는 없습니다. 그리고 내가 이런 제안을 먼저 하는 까닭은 루이지애나를 매입했다는 사실이 불변이기 때문입니다. 그래서 협상 여하에 따라 우리도 권리를 일정 부분 양보할 준비가 되어 있다는 의지를 보인 것입니다."

제임스 먼로가 나섰다.

"감사한 말씀입니다. 그러면 본국이 원하는 바를 얻기 위해서 무엇을 제공해야 합니까? 혹시 대금을 지급해야 합니까? 만일 그게 목적이라면 우리는 지급할 용의가 있습니다."

세자가 고개를 저었다.

"돈은 필요 없습니다. 그보다 우리가 루이지애나를 매입하면서 귀국이 프랑스에 지고 있던 채권을 인수한 사실은 알고 있습니까?"

미국 특사가 크게 놀랐다.

"그게 정말입니까?"

"그렇습니다. 본국이 이번에 지급된 매입 대금에, 귀국이

미지급한 프랑스 채권 대금이 분명하게 포함되어 있습니다. 그에 대한 서류도 이번에 퐁디셰리에서 받아 왔고요."

세자의 말이 끝나기 무섭게 오도원이 가져온 서류를 공손히 바쳤다. 그 서류를 세자가 잠시 훑어본 후 리빙스턴에게 넘겼다.

서류를 검토한 리빙스턴이 한숨을 내쉬었다.

"후! 의외로군요. 이 서류가 귀국까지 넘어오게 될 줄은 몰랐습니다."

제임스 먼로가 변명했다.

"본국이 프랑스에 채무를 진 사실은 맞습니다. 하지만 그 채무는 부르봉 왕실과의 관계에서 발생한 채무입니다. 우리가 지금의 통령정부에 채권을 상환하게 되면 자칫 이중 지급을 할 우려가 있어서 상환하지 않고 있는 겁니다."

세자도 인정했다.

"그럴 수도 있겠지요. 통령정부가 무너지고 왕정이 복고되면 채권 문제가 다시 거론될 수도 있으니까요."

"그렇습니다."

"그런데 귀국은 뉴올리언스 매입에 국채를 발행하려고 하셨던 거 아닌가요?"

제임스 먼로의 얼굴이 붉어졌다.

"그, 그건 그렇습니다."

세자가 이해한다는 표정을 지었다.

"미국은 건국한 지 얼마 안 된 나라입니다. 그것도 모국인 영국을 상대로 무려 8년을 싸워서 쟁취한 독립이고요. 그동안 엄청난 피해를 입었겠지요. 거기다 독립을 하면서 미국에 남은 영국 자산에 대한 채무도 갚아 나가야 하고요. 달러도 발행한 지 이제 겨우 10년 남짓이니 모든 게 부족할 겁니다. 특히 국내 생산이 여의치 않아 세수 대부분을 관세에서 충당하고 있을 겁니다."

제임스 먼로가 입을 딱 벌렸다.

"어떻게 그런 사실을 알고 계시는 겁니까?"

리빙스턴도 동조했다.

"너무 놀라 뭐라고 할 말이 없군요. 동양 국가인 조선의 세자께서 본국의 사정을 이렇게 정확하게 알고 계실 줄 몰랐습니다."

세자가 미국의 사정을 잘 알고 있는 건 이전 지식 덕분이었다. 물론 상무사가 지속적으로 입수하는 대외 정보도 큰 도움이 되었다.

세자가 웃으며 말을 끊었다.

"하하! 내가 귀국의 내부 사정을 어떻게 알았는지는 중요하지 않아요. 지금은 미국이 무엇을 결정하더라도 국채를 발행해야 한다는 점이 중요하지요. 내 말이 맞습니까?"

리빙스턴이 겨우 대답했다.

"……그렇습니다."

"그런데 우리는 이미 귀국의 국채를 보유한 상태예요. 그런 우리가 추가로 미국 국채를 받는 건 곤란합니다. 더 중요한 건 이번 협상을 돈으로 해결하고 싶지 않다는 점이에요. 그러니 너무 부담을 갖지 말아 주었으면 합니다."

이 말을 듣고서야 리빙스턴과 제임스 먼로의 표정이 조금은 풀렸다.

제임스 먼로가 한숨을 내쉬며 조심스럽게 속내를 밝혔다.

"후! 고마운 말씀이군요. 우리 미국은 아직 독립한 지 얼마 안 된 나라입니다. 갚아야 할 대외 채권도 상당히 많고요. 그런 우리에게 국채를 발행하지 않고 협상을 마무리하는 건 최상의 결론이라 할 수 있습니다."

세자는 이 정도에서 마무리했다.

그렇지 않고 미국 특사의 자존심을 더 건드렸다간 역효과가 발생할 우려가 있었다. 그리고 장차 대통령이 될 제임스 먼로와의 관계를 나쁘게 만들고 싶지 않았다.

"알겠습니다. 그러면 제가 먼저 모두를 만족할 만한 제안을 하겠습니다."

"좋습니다. 말씀해 보십시오."

세자가 지도를 펼쳤다. 그리고 미시시피 상류 지역을 짚어 나가며 설명했다.

"미시시피 상류 지역은 보시는 대로 여러 개의 지류가 갈라져 있습니다. 그런데 미시시피의 상류에서는 지류가 더 긴

경우도 있습니다. 이런 상황이어서 국경을 정확히 획정할 필요가 있습니다. 그러지 않는다면 언젠가 이 문제로 다툼의 여지가 생길 가능성이 높습니다."

"……인정합니다."

"그래서 제가 제안을 하겠습니다."

세자가 한 지점을 짚었다.

"이 강은 미시시피 지류인 세인트 크루아 강이지요. 다행히 이 강은 오대호와 연결되어 있어서 정확히 경계를 구분할 수 있습니다. 양국이 이 강을 국경으로 하면 경계가 정확해져서 나중에라도 분란의 소지가 없어지게 됩니다. 이 제안에 대해 어떻게 생각하십니까?"

제임스 먼로가 반발했다.

"미시시피 상류 지역은 독립전쟁을 마무리하며 영국으로부터 얻은 영역 중 일부입니다. 그 면적도 상당하고요. 그런 지역을 양보할 수는 없습니다."

"당연히 쉽지 않겠지요. 그러나 멀리 보면 이번 기회에 정리를 하고 가는 게 좋습니다. 더구나 귀국은 아직 이 지역에 대해 탐사조차 하지 않은 것으로 압니다."

"……그건 그렇습니다."

"그리고 그냥 조정하자는 말이 아닙니다."

리빙스턴이 기대감을 갖고 질문했다.

"그 대가로 뉴올리언스 동부 해안 지대를 정리해서 넘겨주시겠다는 말씀입니까?"

"그렇습니다. 그뿐이 아니라 귀국이 스페인과 체결했던 협정을 그대로 인정하겠습니다. 그것도 항구적이고 불가역적인 협정을 체결해 드리지요. 그렇게 되면 미합중국은 서부에 대한 근심을 완전히 잊어버릴 수가 있을 겁니다."

미국 특사 두 사람이 동시에 소리쳤다.

"아! 정말 그렇게 해 주시겠습니까?"

"그렇게만 된다면 더 바랄 게 없지요."

"예. 분명 그렇게 해 드리겠습니다. 그리고 뉴올리언스 하항도 귀국 시민이 이용할 수 있도록 일정 면적을 제공해 드리지요."

리빙스턴의 눈이 더없이 커졌다.

"일시 사용이 아닌 일정 면적을 아예 제공해 주겠다고요?"

"그렇습니다."

"정녕 그런 배려까지 해 주시겠습니까?"

세자가 웃으며 고개를 끄덕였다.

"물론입니다. 그 대신 제공되는 부두 면적의 임대 비용은 시청에 성실히 납부해야 합니다."

리빙스턴이 무조건 승낙했다.

"물론이지요. 당연히 그렇게 하겠습니다."

미국으로선 생각지도 않은 결과였다. 예산을 전혀 지출하지 않고 최선의 결과를 도출하게 되었다.

개혁군주

물론 미시시피 상류 지역을 넘겨줘야 하는 손실은 있다.

그러나 그 지역은 아직 탐사 계획조차 없었다. 영국도 쓸모없는 땅으로 판단해 지도에 줄을 그어 넘겨주었다. 그런 지역보다 이번에 넘겨받게 될 멕시코만 연안은 비교 불가의 요충지였다.

뉴올리언스에서 얻게 되는 전용 항만은 더 말할 나위가 없었다. 미국의 입장에서는 모든 문제가 단번에 해결된 셈이었다.

그래서 리빙스턴이 희희낙락했다.

반면에 제임스 먼로는 정색을 했다.

"생각지도 않은 귀국의 배려에 감사합니다. 그러나 배려가 너무 과해서 오히려 불안합니다. 혹시 우리에게 다른 요구 조건이 있는 것은 아닌지요."

"왜요? 무언가 복선이 있을 거 같은가요?"

"솔직히 그런 생각이 듭니다."

"서로 합리적으로 대가를 주고받았잖아요?"

"미시시피 상류의 토지를 넘겨주기는 합니다. 그러나 그 지역은 아직 효용가치가 없는 땅에 불과합니다. 반면에 우리가 얻게 될 이권과 지역은 그 지역의 가치와 비교하기 어려울 정도입니다. 귀국이 혹시 다른 대가를 바라고 이런 배려를 하는 건 아닌지 걱정이 됩니다."

세자가 크게 고개를 끄덕였다.

"특사의 입장에서 보면 그런 생각을 할 수도 있겠네요. 외교관계에서 일방적인 경우는 없으니까요. 그러나 분명한 사실은 선의로 이런 제안을 했다는 점이에요."

"그렇습니까?"

"그리고 우리는 이번 기회에 양국의 국경선을 분명히 하려는 목적이 있어요. 그래서 양보를 좀 더 하더라도 나중에 발생할 수 있는 화근을 미연에 방지하자는 생각을 한 것입니다. 그러니 더 이상 의심하지 않아도 됩니다."

세자가 분명히 생각을 밝혔다.

이 말을 듣고서야 제임스 먼로도 더 이상 의문을 제기하지 않았다.

"알겠습니다."

리빙스턴이 나섰다.

"그래도 귀국이 바라는 바가 있지는 않겠습니까?"

"바라는 바는 당연히 있지요."

"말씀해 주십시오. 귀국이 이런 배려를 해 주셨으니 본국도 할 수 있는 최선을 다해 돕겠습니다."

"우선 국경을 분명하게 지키자는 거예요."

"통제를 분명히 하자는 말씀입니까?"

"그래요. 앞으로 허가받지 않은 도강은 허용하지 않을 겁니다."

리빙스턴이 난색을 보였다.

"미시시피는 워낙 긴 강이어서 통제가 쉽지 않습니다. 그

개혁군주

리고 루이지애나 방면의 정착촌 주민들도 필요에 따라 본국을 자유롭게 왕래해야 하지 않겠습니까?"

오도원이 나섰다.

"그 부분은 제가 설명드리지요. 앞으로 1년 동안 스페인 관리가 루이지애나 방면의 정착촌을 순시할 예정입니다. 본국이 루이지애나를 매입했다는 사실과 미시시피가 통제된다는 사실을 알려 주기 위해서요. 그러면서 본국의 통치를 거부하는 사람은 미국으로 넘어가라고 인도도 할 예정입니다. 그런 계도 기간이 끝나면 미시시피의 도강을 원천적으로 금지할 예정이지요. 주요 지역에는 국경경비대가 주둔하게 될 것이고요."

제임스 먼로가 심각한 표정을 지었다.

"개척자들은 대부분 독립 정신이 강합니다. 그래서 무인지대도 마다 않고 이주해 정착한 것이고요. 그런 개척자들에게 일방적인 통보를 하게 되면 불상사가 발생할 가능성이 높습니다."

"그래서 1년이란 기간을 주려는 겁니다. 최소한의 이주비도 책정해서 지급할 예정이고요."

리빙스턴이 한발 물러났다.

"이주비를 준다면 상황이 좀 더 유연해지겠네요."

"우리가 개척민들에게 선택을 강요하는 건 유럽에 만연한 인종차별주의자들 때문입니다. 만일 개척자가 인종차별주의

자라면 그들이 과연 우리의 통치를 받아들이려고 할까요?"

"……쉽지 않겠네요."

"예. 그래서 처음부터 정리하려는 겁니다. 그런 뒤 루이지애나에서만큼은 누구도 인종차별에 따른 불이익을 당하지 않게 통치할 것이고요. 물론 노예도 루이지애나에는 없습니다."

제임스 먼로가 놀랐다.

"노예 없이 농사를 지을 수 있겠습니까?"

세자가 나섰다.

"충분히 가능합니다. 앞으로 본국은 루이지애나에 대규모 목축업을 시행할 겁니다. 거기에 따라 생산되는 육류도 중요하지만, 농가에 필요한 가축을 최우선적으로 공급할 계획입니다."

제임스 먼로가 동의했다.

"알겠습니다. 귀국의 정책이 그렇다면 우리 미합중국도 적극 협조하겠습니다."

"감사합니다. 그렇다고 모든 국경을 통제하지는 않을 겁니다. 국경경비대로 하여금 일정 거리마다 교역소를 두어 상호 교류를 할 터이니, 이 점은 미국도 참고하십시오."

"그렇게 하겠습니다. 그런데 인디언들은 어떻게 하실 겁니까?"

세자가 단호히 정리했다.

"누구도 예외는 없습니다. 그리고 귀국 영토에 거주하는

개혁군주

원주민들이 이주를 요청하면 심사를 거쳐 적극 받아들일 계획입니다."

제임스 먼로의 눈이 커졌다.

"인디언들을 적극 받아들이신다고요?"

"그렇습니다. 본국의 통제에 따르고 법을 준수하겠다는 맹세를 한다면 받아들일 것입니다."

리빙스턴이 고개를 저었다.

"인디언들은 믿을 수 없는 자들입니다. 그런 인디언의 맹세를 믿고 이주를 받아들이면 나중에 문제가 될 소지가 다분합니다."

세자가 크게 웃었다.

"하하하! 본국의 사정을 걱정해 주어서 고맙습니다. 그러나 차후의 문제는 우리가 적극적으로 대처하며 풀어 갈 것입니다. 귀국으로서는 원주민의 이주가 국익에 도움이 되지 않겠습니까?"

"그건 그렇습니다."

"그러니 그 부분은 신경 쓰지 마세요."

"알겠습니다."

"다행히 큰 줄기는 여러분의 협조 덕분에 합의를 본 거 같네요. 그러니 이제부터 본격적으로 세부 사항을 논의해 보도록 하지요?"

"좋습니다."

오도원이 나섰다.

"저하께서는 잠시 물러나 쉬십시오. 앞으로 세부 사항은 제가 특사들과 긴밀히 협의해 보겠습니다."

"그렇게 하세요."

세자가 이해를 구하고는 방을 나왔다.

이때부터 세 사람은 머리를 맞대고 협상에 들어갔다.

협상은 일사천리로 진행되었다.

큰 줄기는 이미 정리된 상황이었다. 덕분에 협상은 이틀 만에 끝났으며, 미국 특사들은 협상 결과에 대만족했다.

세자는 세부 사항을 조정하면서 제임스 먼로의 의견을 반영하도록 조치했다. 이런 배려 덕분에 제임스 먼로는 주도적으로 협상에 참여할 수 있었다.

협상이 끝났다.

세자와 리빙스턴, 그리고 오도원과 제임스 먼로가 각각 협정문에 날인했다.

협정문을 교환하며 리빙스턴이 진심을 담아 인사했다.

"감사합니다. 세자께서 본국의 사정을 헤아려 주셔서 기쁜 마음으로 돌아갈 수 있게 되었습니다."

"다행입니다. 이제부터 국경을 맞댄 양국입니다. 앞으로도 이번처럼 호혜 평등에 입각해 좋은 관계를 이어 나갔으면 좋겠습니다."

제임스 먼로가 화답했다.

"당연히 그래야지요. 조선이 본국을 위해 많은 양보를 해 주었습니다. 그런 귀국의 배려를 우리가 어떻게 잊을 수가 있겠습니까?"

"고맙네요."

세자가 봉투 하나를 건넸다.

리빙스턴이 의아해했다.

"이게 무엇입니까?"

"귀국의 대통령께 보내는 친서입니다. 이번 협상은 두 분의 지고한 노력 덕분에 좋은 결과를 얻게 되었습니다. 그러한 내용과 아울러 양국 우호 증진을 위해 노력하자는 바람이 담겨 있습니다."

리빙스턴이 고마워했다.

"감사합니다. 미합중국 대통령께서 이 친서를 받으시면 무척 기뻐하실 것입니다."

"타국과 체결한 조약이니 의회 인준을 받아야 발효가 되겠지요?"

"그렇습니다."

"내 친서가 의회 인준에 필요하다면 공개되어도 좋습니다."

제임스 먼로가 놀라워했다.

"조선은 전제왕권 국가입니다. 아직 의회도 없는 상황이고요. 그럼에도 세자께서는 공화정인 본국의 정치 상황을 너무도 잘 아시는 것 같습니다."

세자가 설명했다.

"우리가 전제국가인 건 맞습니다. 그러나 본국은 내각의 권한이 상당해서, 대부분의 국정은 내각회의인 비변사에서 공론을 모아 국정을 이끌어 갑니다. 그래서 중대 사안이 발생하면 국왕께서 독단적으로 결정하지 않고 내각의 중지를 모은답니다."

"그렇다면 내각제의 요소가 상당히 가미되어 있다는 말씀이군요."

세자가 깜짝 발언을 했다.

"그렇지요. 지금 당장은 어렵지만, 언젠가 우리 조선도 내각책임제를 도입할 겁니다. 그때를 대비해 각국의 정체에 대해 연구를 해 오고 있지요. 미합중국의 상황도 그래서 알게 된 것이고요."

제임스 먼로의 눈이 더 없어 커졌다.

세자의 발언에 제임스 먼로가 한동안 말을 못 했다. 그러던 그가 한숨을 내쉬며 고개를 저었다.

"정말 생각지도 못한 발언입니다. 대부분의 사람은 보유한 권력보다 더 많은 걸 차지하려고 노력합니다. 그로 인해 수많은 문제가 발생하고요. 그런데 조선에 세자께서는 거꾸로 이미 가진 권력을 내려놓으시려고 하는군요."

"세상이 바뀌고 있으니까요. 불과 수십여 년 사이에 유럽이 격변하고 있습니다. 그 시작이 프랑스대혁명이란 걸 잘 아실 겁니다."

제임스 먼로가 크게 고개를 끄덕였다.

"당연히 잘 알고 있습니다. 그런 유럽의 격변에 앞서 우리 미합중국이 먼저 독립을 했으니까요."

"맞습니다. 미국의 독립전쟁이 프랑스대혁명에 엄청난 영향을 끼쳤지요. 앞으로 유럽은 10년 이상 전화에 휩싸이게 될 겁니다. 그러면서 대대적인 세력 재편이 일어나겠지요. 그렇다고 해서 지금의 강대국이 몰락하지는 않을 겁니다."

제임스 먼로도 동조했다.

"저도 그렇게 생각합니다. 프랑스가 전쟁에서 이기든 지든 강대국의 위상은 크게 달라지지 않을 겁니다."

"예. 그러나 그런 격변의 시기와 맞물려 아메리카 대륙의 판도도 일대 변화가 올 겁니다. 제가 예상하기로는 스페인이 장악하고 있는 중남미가 여러 나라로 독립하게 될 겁니다."

제임스 먼로가 큰 관심을 보였다.

"세자께서는 스페인의 아메리카 대륙 통치가 종언을 맞게 된다고 확신하는군요."

"그렇습니다. 스페인은 이미 과거의 영화를 대부분 상실한 상황입니다. 유럽이 전쟁에 휩싸일수록 스페인의 국력은 한층 더 쇠약해질 겁니다. 그렇게 되면 중남미는 자연스럽게 독립의 열기에 휩싸이게 될 것이고요."

제임스 먼로가 크게 고개를 끄덕였다.

"세자님의 설명을 듣고 보니 이제야 대강의 사정을 알겠습니다. 조선이 북미 대륙 진출에 적극적인 이유가 바로 거기에 있는 거로군요."

세자가 싱긋 웃었다.

"꼭 그렇지는 않습니다. 물론 북미 진출에는 그런 상황적판단이 작용하기는 했지요. 그러나 더 중요한 사실은 새로운영토 개척입니다."

"아! 그렇습니까?"

"본국은 지금까지 꾸준한 개혁을 통해 내실을 다져 왔습니다. 대외 진출을 하기 위해서요. 그래서 북미 대륙도 적극적으로 개척해 나갈 겁니다. 그러기 위해 다양한 준비를 하고있고, 귀국과의 국경 정리도 이번에 분명히 한 것이지요."

제임스 먼로가 축원해 주었다.

"그렇군요. 귀국의 그러한 계획이 부디 성공하길 바랍니다."

"고맙습니다. 귀국도 조속히 안정을 찾아 강국으로 성장하기를 기원합니다."

"감사합니다. 세자님의 바람을 본국의 대통령께 꼭 전하겠습니다."

세자가 두 사람과 악수를 나누었다.

인사를 마친 미국 특사는 승선했다.

두 사람이 타고 온 선박은 상선으로 500여 톤 규모의 무역선이었다. 그런 미국 선박의 출항을 30여 척의 대양함대 범선 군함이 전송했다.

세자는 대양함대 전함 중 모항에 정박해 있던 전함을 모두 동원했다. 그리고 미국 선박이 빠져나가는 서귀포 앞바다에 도열시켰다.

둥! 둥! 둥! 둥!

모든 전함이 무사 항해를 기원해 주었다. 그런 환송의 북소리가 온 바다에 울려 퍼졌다.

제임스 먼로는 기분이 묘했다.

분명 자신들을 전송을 위해 도열한 전함이었다. 전함의 갑판에는 승조원들이 도열해 절도 있게 군례를 올리고 있었다.

모두가 처음 보는 장면이어서 한눈에 봐도 멋있었다. 그런데 이상하게 느낌이 좋지 않았다.

"로버트. 조선 함대가 전송한다고 하는데, 왠지 무력시위를 하는 거 같지 않아요?"

리빙스턴이 웃었다.

"하하하! 너무 많은 전함이 동원되어서 그런 느낌이 드는 거야. 저기 갑판을 보게. 모든 승조원이 도열해 군례를 올리고 있잖아."

"그렇기는 한데 왠지 등줄기가 서늘하네요."

"솔직히 나도 그런 생각이 없지 않아. 조선의 세자가 아직은 나이가 어리잖아. 우리와 국경을 맞대고 지내야 하니, 이번 기회에 자신들의 군사력을 보여 주고 싶은 생각도 있는 거 같아."

"일종의 무력시위가 맞단 말이네요."

"한편으로 보면 그럴 수도 있겠지. 그래도 볼수록 놀랍기는 해. 조선이 동양의 그저 그런 국가인 줄 알았는데, 저 범선함대를 보면 그게 아니잖아. 그리고 이렇게 웅장한 광경은 유럽에서도 여간해서는 보기 힘들다네."

제임스 먼로가 쓴웃음을 지었다.

"조선 세자의 책략이 벌써부터 성공했네요. 로버트가 자신도 모르게 조선 함대의 위용을 인정하고 있잖아요."

리빙스턴이 무안해하며 웃었다.

"하하하! 그렇게 되나?"

"예. 저는 은근히 부담됩니다. 우리 배의 선원들을 보세요. 하나같이 두려운 눈빛들이잖아요."

리빙스턴이 갑판을 둘러보다 침음했다.

"으음! 그러네."

"저도 그렇지만, 저들 모두 많이 놀란 건 사실입니다. 조선이 이 정도로 강력한 함대를 보유하고 있을 줄은 생각지도 않았잖아요."

"맞아. 나도 이 정도로 대단할 줄 몰랐어."

"예. 그래서 조선 세자의 의도가 성공했다는 겁니다. 우리가 조선 함대를 보면서 이런 대화를 나누는 것 자체만으로도요."

리빙스턴도 인정했다.

개혁군주

"그러고 보니 맞는 말이네. 조선 세자가 나이는 어리지만, 결코 만만히 볼 상대가 아니기는 했어."

"그래도 다행이란 생각이 듭니다."

"왜 그런 생각을 한 거지?"

"조선 세자의 말을 종합해 보면 우리 미합중국의 영토를 넘볼 생각이 없는 것 같아서요. 그는 우리가 도강하지 못하도록 국경경비대를 배치해 제재를 가한다고 했잖습니까?"

리빙스턴이 동조했다.

"그 말이 맞아. 조선이 미시시피를 차단하고 국경경비대까지 배치하겠다고 했어. 그럴 정도로 국경을 봉쇄하겠다는 생각이라면 월경할 생각은 없다고 봐야지. 그래도 나는 우리 상대가 프랑스가 아닌 조선이어서 다행이란 생각이 들어."

제임스 먼로가 격하게 공감했다.

"전적으로 동감입니다. 만일 나폴레옹의 군대가 뉴올리언스에 상륙했다면 우리는 두고두고 골머리를 앓아야 했을 겁니다."

"맞아. 탐욕스러운 나폴레옹이 미시시피를 아예 폐쇄하기라도 한다면 전쟁까지 각오해야 했어."

"생각하기도 싫은 상황입니다. 그런 상황이 발생하지 않은 것만 해도 축복이지요."

"맞는 말이야."

"내정이 빈약한 우리로서는 당분간 유럽과의 교역에 집중해야 합니다. 그런 우리가 이번 협정 덕분에 서쪽을 걱정하지 않아도 되어서 얼마나 다행인지 모릅니다. 그래서 대폭적인 배려를 해 준 조선의 세자가 고맙기까지 하고요."

리빙스턴이 절로 고개를 끄덕였다.

"그건 나도 그래. 더구나 국채를 발행하지 않아도 되어서 더 좋은 거 같아."

"최고의 결과지요."

두 사람은 조선과의 협상에서 최선의 결과를 얻은 사실에 만족했다. 그러면서도 조선의 해군력이 상당하다는 사실도 잊지 않았다.

두 사람이 이런 대화를 하며 대양함대를 살펴보고 있을 때, 세자도 영빈관에서 미국 상선을 내려다보고 있었다.

"최선의 결과를 얻었다고 자축하고 있겠지요?"

오도원이 대답했다.

"아마도 그럴 공산이 큽니다. 그런데 소인은 아직 이해되지 않는 부분이 있사옵니다."

"왜 저들에게 이렇게 잘해 주느냐는 말이지요?"

"그러하옵니다. 저하께서는 우리가 양보해 주는 만큼의 이권도 챙기지 않으셨습니다. 그렇다고 미국의 국력이 강해 억지로 양보를 해 줘야 하는 상황도 아닌데도 말입니다."

세자가 고개를 저었다.

"그렇지 않아요. 이번에 대가로 받은 미시시피 북부 지역은 그 넓이가 경상도와 전라도를 합한 만큼이나 넓어요. 그렇게 넓은 영토를 얻으면서 내준 이권은 양국의 우호 증진을 위해서 언젠가 양보해야 하는 사안이었어요."

"새로 얻은 지역은 원주민만 사는 쓸모없는 땅이라고 하지 않습니까?"

세자가 크게 웃었다.

"하하하! 그렇지 않아요. 쓸모없는 땅이란 말은 저들의 시각에서 바라보는 단견에 지나지 않아요. 그 지역은 곳곳에 호수가 산재한 평원지대예요. 그래서 개발만 하면 전부 곡창지대로 바뀔 땅이에요. 아! 그리고 이번에 우리가 매입한 루이지애나도 일부 황무지가 있기는 하지만 대부분의 지역이 개발만 하면 농지로 바뀔 평원지대이고요."

오두원의 눈이 더없이 커졌다.

"우리 조선의 열 배가 넘는 땅이 전부 곡창지대로 바뀔 수 있단 말씀입니까?"

"그래요. 누구라도 이주해서 개척만 하면 부농의 꿈을 이룰 수 있는 옥토이지요. 더구나 수천만 마리의 들소가 노니는 땅이기도 하고요."

"수, 수천만 마리의 들소까지요?"

"너무 크고 사나워 길들이기는 쉽지 않다고 해요. 그러나 식량자원으로는 최고여서 이주민의 정착에 큰 도움이 될 거예요."

"하! 들을수록 놀랍습니다."

"예. 그만큼 대단한 땅이지요. 앞으로 그 지역만 개발한다면 우리 조선은 영원히 식량난을 걱정할 필요가 없어지게 되는 거예요."

오도원이 크게 고개를 끄덕였다.

"말씀대로라면 무조건 그렇게 되겠습니다."

세자가 오도원의 공을 치하했다.

"그런 옥토를 오 부대표께서 얻어 온 겁니다. 이번에 고생이 많았습니다. 전에도 말했지만, 이번 일의 일등 공신은 누가 뭐라고 해도 오 부대표예요."

오도원의 입이 귀에 걸렸다. 세자가 두 번이나 일부러 짚어가며 자신의 공적을 치하했다.

그러나 오도원은 더 자세를 낮췄다.

"아닙니다. 고생보다는 나라에 보탬이 되었다는 사실이 너무도 기쁩니다. 하오니 앞으로도 소인이 필요한 일이 있으면 언제라도 불러 쓰시옵소서. 견마지로를 다하겠사옵니다."

"고마운 말씀이네요."

옆에 있던 임률이 나섰다.

"저하! 만일 그 지역이 개발된다면 대월에서 양곡을 수입하지 않아도 되겠습니다."

오도원도 격하게 반겼다.

"맞습니다. 그렇게만 된다면 해마다 대월에 지급하는 100

만 냥이 넘는 막대한 비용을 줄일 수 있겠습니다."

세자가 고개를 끄덕였다.

"맞는 말입니다. 그러나 당장은 어려워요. 그러기 위해서는 한양에서 북경 정도 거리의 도로를 뚫어야 해요. 거기다 거대한 산맥도 넘어야 하고요."

오도원이 크게 아쉬워했다.

"당분간은 어렵겠사옵니다."

"그렇겠습니다."

두 사람이 아쉬워하자 세자가 계획을 밝혔다.

"우선은 개척민들을 대거 이주시킬 거예요. 그래서 처음에는 태평양 연안을 대대적으로 개발하면서 루이지애나 개척을 시작할 겁니다. 그러면서 적극적으로 기술을 개발해서 방금 말한 거리가 결코 멀지 않도록 만들 겁니다."

오도원이 어리둥절했다.

"저하! 한양에서 북경까지입니다. 그 먼 거리를 멀지 않게 만드시다니요? 그게 정녕 가능한 일입니까?"

"충분히 가능한 일이에요. 물론 기술이 발전해야 한다는 전제가 있지만요."

임율도 나섰다.

"이번에 획득한 루이지애나를 양곡 주산지로 만들려면 적극적으로 기술을 개발해야겠습니다."

"그래요. 그래서 북미 지역을 적극 개발하려는 거예요."

임률이 심각한 표정을 지었다.

"그런데 북미는 태평양이란 거대한 바다 너머의 월경지입니다. 그런 북미를 항구적으로 지켜 낼 수 있을지 걱정이옵니다."

세자가 분명하게 밝혔다.

"반드시 지켜나가도록 해야지요. 그리고 지금은 월경지이지만, 언젠가는 본토와 이어지는 날이 올 겁니다."

임율이 놀라자 세자가 손을 들었다.

"자! 그 말은 여기서 그만하세요. 임 제독께서는 대양함대 육성에 많은 노력을 기울이는 이유만큼은 절대 잊지 마세요."

임율이 정색을 하며 다짐했다.

"알겠습니다. 우리 대양함대는 언제라도 쓰임이 있을 때 제대로 벼린 칼이 될 수 있도록 늘 갈고닦겠습니다."

"고마운 말씀이네요."

또 하나의 포석이 놓였다.

세자가 주도한 루이지애나 매입이라는 포석은 누구도 예상하지 못했다. 그로 인해 세상은 이전과는 전혀 다른 상황으로 변화하게 되었다.

그런 변화의 중심이 조선이었다.

다음 권으로 이어집니다

개혁군주

만렙닥터

13월생 현대 판타지 장편소설

리턴즈

인생 2회 차 경력직 신입
칼솜씨도, 인성도 '만렙'인 의사가 돌아왔다!

만성 인력난에 시달리는 흉부외과에 들어온 인턴
메스도 잡아 본 적 없는 주제에
죽을 생명을 여럿 살려 내기 시작한다?

"이 새끼, 꼴통 맞네."
"죄송합니다."
"잘했어!"
"네?"

출세만을 좇으며 살았던 전생
이렇게 된 이상 인생도 재수술 한번 가자!

무대뽀(?) 정신으로 무장한 회귀 의사
이제부터 모든 상황은 내가 집도한다!

魔帝 南宮 남궁마제

문운도 신무협 장편소설

회귀한 뇌왕, 가족을 지키기 위해
정파의 중심에서 제대로 흑화하다!

세상을 뒤집으려는 귀천성에 맞서 싸우다
가족을 모두 잃고 제물로 바쳐진 뇌왕 남궁진화
마지막 순간 원수의 뒤통수를 치고 죽으려 했으나
제물을 바치는 진법이 뒤틀리며 과거로 회귀하다!?

남궁세가의 양자가 된 어린 시절로 돌아온 후
귀천성이 노리는 자신의 체질을 연구하다 기연을 얻고
회귀 전과 다른 엄청난 미모와 함께
뇌전의 비밀마저 알아내 경지를 뛰어넘는데……

가족들에게는 꽃처럼 사랑스러운 막내지만
적이라면 일단 패고 보는 패악질의 끝판왕!
귀천성 패러잡기에 나서다!